魔王は扇子で蕎麦を食う

～落語魔王与太噺～

春風亭吉好

ファンタジア文庫

3484

口絵・本文イラスト　絵葉ましろ
協力　落語芸術協会

魔王は扇子で蕎麦を食う

~落語魔王与太噺~

まおうはせんすで
そばをくう

春風亭吉好
画 絵葉ましろ
協力 落語芸術協会

まくら

縁《えん》は異《い》なもの味なものなんて事を申しますが、人と人のご縁なんてものはまこと不思議なようでして。

男女の縁でしたらプロレスラーと弁護士が結婚したり、最近の商売だったらライブ配信者とSNSのインフルエンサーが一緒になったりと縁はそれぞれです。

ファンタジー小説だったら勇者とお姫様なんてのは王道ですが、最近では勇者と魔王なんてカップリングが変化球であったりしまして……

まさか落語家と異世界の魔王の縁なんてのはないようで……ないはず……ごくごく稀《まれ》にはあったりするようでして……


「ヨタ――、ワシの着替えどこなのじゃ――？」

変わった一人称と語尾の少女が半裸、寝ぼけ眼《まなこ》で廊下を歩いている。

「うわ、またそんな格好で。着替えくらい自分で支度しろよ」

文句を言いながらも着替えを用意してやる少年。大分慣れているようだ。

「朝ごはんは美味《おい》しいのじゃー」

「朝からよくそんな食べられるな……ほら、ごはん粒ついてる」

辟易《へきえき》しながらも少女の頰のごはん粒を取る少年。いつもの朝食の風景だ。

「ふぅーお腹いっぱいなのじゃ。じゃあ……寝るか」

「寝るか……じゃないよ。今日も寄席《よせ》だよ寄席《よせ》。前座《ぜんざ》修行に休みはないの！」

「ブゥー、ヨタは相変わらず口うるさいのじゃ。まぁ今日も魔王としてシュギョーしてやるのじゃ！」

そう、この二人は落語家の兄弟子《あにでし》と妹弟子《いもうとでし》。一緒に暮らしているが本当の兄妹《きょうだい》という訳ではない。師匠を同じくする、俗に言う兄妹弟子だ。

そしてただの兄妹弟子じゃない。妹弟子《いもうとでし》は魔王と呼ばれる存在、そして兄弟子《あにでし》の方も……とここから先は本編で語るといたします。

さて、ここからのお話は、これよりも少し前のお話でして。

落語家の修行をしている少年が、魔王と出会ってしまうところから始まるようでございまして……

第一章　魔王と魔王様

1

『転失気《てんしき》ってオナラだったんだー』

その一言で何十人もの子供達がキャッキャッと笑い転げる。

僕、陽太《ようた》は都内某所の小学校の体育館ステージの上、そこに組まれた落語家の舞台——高座《こうざ》の座布団《ざぶとん》に座り『転失気《てんしき》』という古典落語をかけていた。

陽太は本名ではない。落語家としての芸名だ。落語の登場人物である与太郎《よたろう》にちなんでヨタと呼ばれる事も多い。本名は吉田太陽《よしだたいよう》。芸名は陽太。太陽の方が芸名っぽいとはよく言われる。

師匠は現役の落語家真打《しんうち》で東京の四天王と呼ばれる内の一人である浮乃家光月《うきのやこうげつ》。僕はその下で浮乃家陽太と名付けられ前座《ぜんざ》修行をしている。

どの落語家も最初から師匠と呼ばれる真打《しんうち》ではない。まずは楽屋修行が主の前座《ぜんざ》、そして二ツ目《ふたつめ》、それから真打《しんうち》と徐々に昇進していく。その中で僕は前座《ぜんざ》修行の三年目で前座《ぜんざ》の中でも立場が上の方だった。

『アタイはオナラ借りに歩いていたんだー』

また起こる爆笑。『転失気《てんしき》』は転失気《てんしき》という言葉がオナラの別名と知らずに借りに歩くという、何百ある古典落語でも子供や初心者にもわかりやすい前座噺《ぜんざばなし》というやつだ。転《てん》失気《しき》がなんだか解《わか》らない和尚《おしょう》が知ったかぶりをして小僧の珍念《ちんねん》に転失気《てんしき》を借りに行かせて、転失気《てんしき》＝オナラと気付いた珍念が和尚に嘘《うそ》を教えて仕返しするという噺《はなし》——落語だ。

古典落語は江戸時代から少しずつ形を変え、現代まで受け継がれている。

（一番後ろの列、右から三番目のカチューシャをしている女の子が退屈そうにしているな……）

『三つ組の転失気《てんしき》ならブースーピー！』

僕は退屈そうにしている子の方に目線をやり、声を意識的に飛ばす。

声を飛ばすとは特定の人に向けて意識的に語るように声を発する事。誰かがそう言っているわけではない。あくまで僕の造語で修行中に自分なりに身につけた技術だ。

退屈そうにしていたその子も目を見開き、こちらを向いて落語を聞き始めた。

「おもしろーい」

「落語ってこんななんだー」

初めて落語を聞く子供達の声が聞こえる。僕は落語をしながらも一人一人を観察し、できるだけ沢山の子供に楽しんでもらえるよう気遣っている。

学校寄席《よせ》ではこんな風に稽古の通りに落語ができて楽しませる事ができる。子供相手なら……

『いいえ、屁《へ》とも思っておりません』

サゲ――落語のオチのセリフを言ってお辞儀をするとスピーカーから出囃子《でばやし》が流れる。次の演者が上がってくる合図だ。僕は丁寧に座布団をひっくり返し高座《こうざ》から降りると……

「お先に勉強させていただきました」

舞台袖の師匠にお辞儀をして挨拶をする。次に高座《こうざ》に上がるのは僕の師匠である浮乃家光月だ。

「お疲れ様。ウケてたね。学校寄席《よせ》なら君《キミ》は抜群だね」

にこやかな顔で褒めてくれる師匠。でも学校寄席《よせ》なら――という一言が胸に刺さる。

師匠は歳《とし》の頃は四十過ぎ。落ち着いた雰囲気で垂れ目気味の優しい顔。その日は若草色に縞《しま》模様の着物に、紺色の帯を締め、薄い茶色の羽織《はおり》という出立《いでた》ちだった。

「どう？　聞いてる？」

「ええ、殆《ほとん》どの子がよく聞いて笑ってくれますが、何人か退屈そうな子がいて……」

「そ、わかった」

師匠は僕にそれだけ確認すると襟を直し高座《こうざ》へ目を向ける。一瞬目を瞑《つぶ》り、手にした扇子《せんす》で肩をトンと叩《たた》く。高座《こうざ》に上がる前に師匠が毎回やるルーティンだ。

目を開き再び高座《こうざ》の上の座布団を見据える。その座布団に向かってゆっくりと歩いていく。高座《こうざ》への上がり方には落語家一人一人の特徴が出る。師匠は背を少しだけ屈《かが》めて厳かに上がる。

座布団に座りお辞儀をし、ゆっくり頭を上げて――一秒だけ無言の笑顔で子供達を見渡し……

「えー、落語家の浮乃家光月です」

と挨拶をした。

（すごい……）

袖から見ていた僕はこの一秒を恐ろしく感じた。たった一秒、だが喋《しゃべ》る演芸である落語の最初の一秒が無言というのは大変に難易度が高い。聞いている人の気持ちが離れるのが怖くてすぐに喋り出してしまう。だけど師匠の一秒の間《ま》で、落ち着きのない子供ですら「何かあるのかな?」と高座《こうざ》に惹《ひ》きつけられる。たった一秒の間で僕の十五分を上回った。

前に師匠が言っていた『落語は喋っている時よりも喋っていない間が大事なんだよ』と

いう教えを思い出した。

『そばぁ〜う〜い〜』

『おーい、蕎麦《そば》屋さーん』

師匠の落語は『時《とき》そば』だった。最近では絵本や教科書にも掲載されるくらいのメジャーな落語で、子供達にも解りやすい学校寄席《よせ》での鉄板ネタだ。

『おお、こりゃ美味《うま》そうな蕎麦だな。いただくよ。ふー、ふー、ズ……ズズ……』

「わー、美味しそう」

「お蕎麦食べたくなっちゃった」

子供達がヒソヒソと話している。落語は扇子と手拭いだけを使い、後は身振り手振りだけで全てを表現する。『時《とき》そば』では扇子を箸に見立てて蕎麦を啜《すす》る仕草をする。師匠の仕草は落語界でも随一と言ってもいいほど綺麗《きれい》だ。

子供達に、もちろん僕にもそこにお蕎麦が見えて本当に食べている様に感じる。

『う〜、こういう寒い晩には、あったかい蕎麦に限るなぁ』

六月に入り、今日なんかは少し蒸し暑いくらいなのだけれど、師匠が身体《からだ》を震わせたり鼻を啜ったりする仕草がリアルなので本当に寒く感じてくる。よく見ると僕の高座《こうざ》の時には暑そうにしていた子供達が少し肌をさすり寒そうにしている。

『一つ、二つ、三つ、四つ、五つ、六つ、七つ、八つ。おう蕎麦屋さん、今何時《なんどき》だい？』

『へい、四つで』

『四つ？　五つ、六つ、七つ、八つ。三文損しちゃった』

この『時《とき》そば』は会計を支払う時に八文まで数えた所で時間を聞き、蕎麦屋が九つ――今の深夜零時と答えたのと銭の九つをごっちゃにして一文誤魔化す。それを見ていた間抜けな男が翌日に真似《まね》しようとしたら、時間が違ったので逆に損をしてしまった――というオチ。

師匠はそのオチ――サゲの一言まで子供達の心を離さずに、最後まで大きな笑いをとっていた。それこそ僕の落語よりも圧倒的に大きな笑いだった。

舞台袖で聞いていた僕は師匠の高座《こうざ》に改めて尊敬の念を抱くと共に、当たり前だがまだ敵《かな》わないと若干の悔しさを感じながら、高座《こうざ》から降りてきた師匠を出迎えた。

「お疲れ様です」

「君《キミ》が高座《こうざ》で温めてくれたからやりやすかったよ」

師匠が僕の心情を察してか柔らかく微笑《ほほえ》んで言った。

「あ、ありがとうございます……お疲れ様でした」

「学校行かなくていいのかい？　着替えくらいは自分でやるから行っておいで」

「いけない！　すいません、行ってきます」

自分で着替え始める師匠に頭を下げて楽屋を飛び出る。本来であれば前座《ぜんざ》の僕が師匠の着替えを手伝い、着物を畳まなくてはならないが、師匠の厚意で楽屋を早抜けさせてくれた。

僕は前座《ぜんざ》修行をしながらも平日の昼は高校にも通っていた。

うちの高校だと三年生は大学の様に授業を選択できる単位制になるので今日は四時間目から。

僕は学校寄席《よせ》のあった小学校を出て、高校へ向かうために走った。

2

小学校から徒歩五分、都内の銀大《ぎんだい》高校に僕は通っていた。着いた時にはちょうど四時間目の前。四時間目の後はすぐ昼休みだった。僕は卒業したらそのまま落語家を続けるので成績はあまり関係なかったけど、最低限の授業は出ようと思っている。

「よーちゃ……太陽センパイはいますか？」

昼休みにガラッと教室の戸を開けた少女は戸の近くにいた生徒に僕の事を尋ねる。

少し長めの髪をサイドで二つに分けて結んだ可愛《かわい》らしい女の子。僕の幼馴染《おさななじみ》で二歳年下の花井《はない》みつきだ。元々近所に住んでいて小学校、中学校、高校とずっと同じ学校に通っている。僕を確認するなり席まで近づいてきた。

「もうっ、また一人でお弁当食べてる。しょうがないなぁ」

と言うなり僕の机にお弁当を広げるみつき。

「あの、僕まだ何も言ってないんですけど」

「ぼっちな太陽センパイとしょうがなく一緒にお弁当食べてあげるんです」

「別にぼっちってわけじゃ……。お前こそしょっちゅう三年生の教室まで来て。クラスに友達はいないのかよ」

「私はちゃんといますー」

事実みつきは週の半分をクラスで友達とお弁当を食べ、残りの半分を僕の教室で食べていた。高校生男子が週の半分も可愛らしい後輩の女の子とお弁当を食べるという、いかにもなシチュエーションは少々恥ずかしい。

「あ、そうだ。先週池袋で落語を見た時にね」

みつきは女子高生には珍しい落語ファンだった。幼馴染の僕が落語家になったキッカケで落語を見始めて、今ではすっかり寄席《よせ》通いをしている。僕とお弁当を食べている時も半分以上は落語の話をしている。

「池袋？　あぁ、二ツ目《ふたつめ》の兄《あに》さん達の新作勉強会か」

「そうなの！　特に鶴八《つるはち》さんのネタが最高だったの！」

みつきは古典落語よりも現代を舞台にした新作落語にハマっていて、僕が前座《ぜんざ》で上がる落語会にも来てくれるが、それ以外は若手の新作落語の会によく通っている。

「鶴八さんも良かったけど、きよ姫《ひめ》ちゃんも良かったなぁ。今度女流の会にも行ってみようかなー。あーあとあと……」

みつきが目を輝かせヲタク語りしているのを僕がハイハイと聞いていると……

「もー、聞いてる？」

「いや、僕は新作落語とかあまり興味ないし、女流の事もよくわからないし……」

僕はまだ前座《ぜんざ》修行中であり、新作落語家の弟子でもない限り前座《ぜんざ》中に新作落語をやる機会はまずない。また師匠は正統派の古典落語の名人であり、その芸に師事している僕は元より新作落語をやる気がなかった。

「えー、じゃあやっぱりよーちゃ……センパイは光月《こうげつ》師匠ひと筋って感じ？」

言われた僕はキランと目を輝かせて……

「え？　師匠の事を聞いちゃう？　そうだねぇ。やっぱり落語と言ったら古典落語！　その中でもうちの師匠の光月は現役の落語家でも他の追随を許さない名人だと思うんだ！

師匠の魅力は数あれど中でもその表現力は突出してるよね。まず――」

僕は自他共に認める古典落語マニアであり、師匠である光月の大ファンだった。とにかく師匠の話になると止まらない。

話を振ったみつきは『あ～あ、また始まっちゃった』と微妙な反応をしていた。僕の語りは予鈴が鳴りみつきが自分の教室へ帰るまで続くのだった。

3

放課後になると僕は足早に寄席《よせ》へ向かった。朝の学校寄席《よせ》は楽しい気分だったが夜の寄席《よせ》は少し憂鬱だ。と言っても楽屋仕事をするのが嫌なわけではない。

落語家のホームである寄席《よせ》は新宿末廣亭《しんじゅくすえひろてい》、浅草演芸ホール《あさくさえんげい》、池袋演芸場《いけぶくろえんげいじょう》、上野広小路亭《うえのひろこうじてい》など都内に数軒ある。一年間ほぼ休みなく公演している寄席《よせ》へ、前座《ぜんざ》はほぼ毎日楽屋働きとして通わなくてはならない。

師匠方にお茶を出したり、着物を着付けたり畳んだり、出囃子《でばやし》の太鼓を叩いたりなどの前座《ぜんざ》仕事をこなしながら修行をする。全ての落語家が通る道であり、前座《ぜんざ》の内は落語をする時間の何倍もの時間を楽屋仕事に費やす。

十日毎《ごと》につとめる寄席《よせ》が変わるが今日は新宿末廣亭という寄席《よせ》での楽屋仕事だ。

寄席《よせ》は正午からの昼席《ひるせき》と、夕方五時からの夜席《よるせき》とがあるけど、僕は高校があるので平日は夜席《よるせき》へつとめる事になっていた。

「おはようございます」

「おう。おはようさん」

楽屋の戸を開けると昼席《ひるせき》のトリの真打《しんうち》が高座《こうざ》後にお茶を飲んでいるところだった。楽屋では昼でも夜でも最初の挨拶はおはようございます、だ。

末廣亭では楽屋の戸を開けてすぐ目の前に師匠方が座る卓がある。六畳の楽屋で出番前後の真打《しんうち》がお茶を飲み、世間話をしたりするのだ。

「今日も高校から来たのか。もう三年生だったか？」

「はい、今年度で卒業です」

真打《しんうち》からの質問に簡潔に答える。前座《ぜんざ》から真打《しんうち》にベラベラ喋る事は御法度《ごはっと》なので手短に挨拶を済ませ、前座《ぜんざ》の着替え場へ。と言っても前座《ぜんざ》に専用の部屋はなく舞台裏の狭いスペースで着替える事になる。制服から着物に着替えていると……

「ヨタちゃん、今日高座《こうざ》よろしくね」

「あ、はい……」

僕より少し年季が上の兄《あに》さんから高座《こうざ》に上がるよう指示された。前座《ぜんざ》は昼席《ひるせき》と夜席《よるせき》のそれぞれ一人ずつしか高座《こうざ》に上がれず、それを指名するのはその日に何人かつとめている前《ぜん》座《ざ》の中で一番年季が上の前座《ぜんざ》——たて前座《ぜんざ》だ。

「よし、やるぞ。午前中は子供達に沢山笑ってもらえて、あんなに楽しかったんだ……」

自分に言い聞かせるように呟《つぶや》き、着替え場から楽屋に戻ると先ほどの師匠は帰ったようだ。楽屋には前座《ぜんざ》と三味線のお師匠——お囃子さんだけになっていた。

寄席《よせ》の出囃子《でばやし》はお囃子さんが三味線を弾《ひ》き、前座《ぜんざ》が太鼓を叩《たた》くという生演奏になっている。今日のお囃子さんはお雪《ゆき》さんというお囃子さんの中でも一番高齢の女性だった。僕はちょうど孫くらいの年齢という事で可愛がってくれていた。

「頑張ってねぇ」

「はい、勉強させていただきます」

昼席《ひるせき》のトリの師匠が終わった後は一旦の休憩が挟まり夜席《よるせき》が始まる。前座《ぜんざ》である僕はそのトップバッターとして高座《こうざ》に上がる。

高座《こうざ》があるとはいえ、上がる直前まで前座《ぜんざ》は楽屋の準備などの仕事をしなくてはならないので慌ただしい。その内に夜の部の開演ブザーが鳴り、他の前座《ぜんざ》が太鼓を叩き、お雪さんが三味線を弾く。『前座《ぜんざ》の上がり』という出囃子に合わせて僕は高座《こうざ》に上がる。

(大丈夫……落ち着けば午前中みたいにやれるんだ……)

座布団《ざぶとん》に座りお辞儀をして客席を見ると、まばらに座った百名弱のお客様。年配の男女が中心で寄席《よせ》の常連客ばかりだ。

『えー、これはあるお寺のお話でございます。和尚《おしょう》さんがどうもお腹《なか》の具合が悪い――』

今朝の学校寄席でもかけた『転失気《てんしき》』を語り始める。今朝は上手《うま》くやれたんだ。こっちでも――

最初は調子よく語れていたが……ふと大人達の視線が冷たい様に感じられ、焦《あせ》ってしまう。今日こそはやれると思ったのに……

『お花屋さ……えっと乾物屋さん、転失気《てんしき》はありますか？』

『て、転失気《てんしき》はミソ……棚の上に置いておいたら……えー』

だめだ、稽古でも、学校寄席《よせ》でも完璧にできるのに大人が相手の寄席《よせ》ではつっかえてしまう。思えば思うほど焦ってしまい、辿々《たどたど》しいままなんとかオチのセリフまで言ってお辞儀をする。

次の二ツ目《ふたつめ》の兄《あに》さんの出囃子が鳴ったので座布団をひっくり返し高座《こうざ》から降りる。楽屋では二ツ目《ふたつめ》の兄《あに》さんが着替えを終えて待っていた。

「お先に勉強させていただきました」

「さっすが、元天才前座サマだねぇ。稼げる学校寄席《よせ》じゃ大層ノリノリみたいだけど普段の寄席《よせ》だとテキトーにやるのね。まぁオイラが空気を作ってやるさ。お次行ってきまーす」

高座《こうざ》から降りた僕が挨拶をすると、兄《あに》さんは嫌味を言って高座《こうざ》へ上がっていった。落語前のフリートーク――まくらで時事ネタを入れ込み笑いをとっている。

「嫌味な奴《やつ》！　ヨタ、気にする事ないよ」

「はい、ありがとうございます」

たて前座《ぜんざ》の兄《あに》さんがフォローしてくれて少し気分が晴れる。

僕は子供の頃から落語を覚え、プロになる前から師匠に稽古を付けてもらっていた。お陰で入門当初から評判も良く『天才前座《ぜんざ》』なんて持て囃されたりした。今でも子供が中心の学校寄席では大きな笑いをとり、雰囲気を作れる。多くの師匠に重宝されて学校寄席では沢山のオファーがある。だけど……入門してから一年は良かったが、ある時から大人の前だと大いに緊張して本来の実力が出せなくなってしまった。あの事がきっかけで……

そしてついたあだ名が『元天才前座《もとてんさいぜんざ》』。

「くそっ、何が元天才前座だよ……。元じゃしょうがないじゃないか……」

歯がゆい思いをしながら前座仕事をこなし、夜席《よるせき》が終わった。

4

「あー！　ムカつく、ムカつく、ムカつくー！」

他に誰もいない師匠宅に僕の声が響いていた。

僕は都内某所にある師匠の家の離れに住み込みで暮らしていた。師匠が帰っていれば夜《よる》席《せき》後に僕が夕食を作り、共に食事をした後に就寝というのがいつもの流れ。ただ師匠は今朝の学校寄席《よせ》の後に長野県で独演会、打ち上げもあるので明日の昼に帰ってくるという話だった。掃除をしてから離れの自室へ。今日初めての自分だけの時間だ。

「あームカつく。なんだよ元天才前座《ぜんざ》ってさー」

寄席《よせ》で兄《あに》さんから言われた事を思い出してブツブツ独り言を言ってしまう。

おもむろに部屋のパソコンの電源を入れる。そこそこスペックの高いデスクトップパソコンだ。師匠が知り合いから譲り受けたけど使いこなせないので実質僕の物になった。部屋が離れなのをいい事に僕はたまにパソコンをある事に使っていた。

「こういう時は配信に限る……っと」

慣れた手付きでマイクとカメラなどの機材を繋《つな》げていく。ソフトを立ち上げキーボードで設定を入力していく。最初は画面に僕の顔が表示されていたが、パッと二次元のキャラクターに切り替わる。紳士風の魔王キャラだ。

「あー、あー、マイクテス、マイクテス」

マイクテストをしながらソフトの数値をいじると、少し高めの僕の声が重低音のバリトンボイスに聞こえた。声の次は気持ちを作っていく。

「あー……我は……落語の魔王なり……」

話し方、間《ま》から、魔王になりきって発声する。配信ソフトにエンコードキーを入力し、配信開始ボタンを押す。視聴者数がドンドンと増えていったのを確認して……

『あー愚民ども待たせたな。我はギル亭《てい》魔王《まおう》である』

そう、僕は師匠が留守の間にインターネットで配信ライバーとして活動していた。ハンドルネームはギル亭魔王。ただのファンタジーな魔王だとありきたりだから、封印されていたのが寄席《よせ》の地下で、眠りにつきながらも地底まで聞こえてきた落語とそれを聞く客席の笑い声で封印が解かれた……。本来は世界征服が目的だったけれども、落語を滅ぼしたくないから世界征服はせずに落語を広める事にした魔王様……という設定だ。

夜な夜な落語好きの魔王様が過去の名人の事を語ったり、たまに落語を聞かせたりするという内容が一部にウケて今ではチャンネル登録者が三万人を超えている。

前座《ぜんざ》修行中はインターネットでの活動は基本禁止だ。だけど僕は寄席《よせ》でのストレス解消に、あくまで架空の落語好きの魔王、声はボイスチェンジャーで変えて別人だからギリギリセーフ、と自分に言い聞かせて活動していた。

師匠はネットに疎《うと》いので気が付かないだろうというのも幸いしている。特に今日のように寄席《よせ》で嫌な事があった日は別人である魔王になりきってストレス発散する事にしていた。

——昭和の名人でオススメはありますか？——

——落語界の徒弟制度をどの様に感じますか？——

——いつも配信楽しみにしています！——

——魔王様のお陰で落語に興味を持ち、先日初めて寄席《よせ》に行きました！——

早速質問など沢山のコメントがつく。これに僕——魔王が一つ一つ答えていく。

『落語を聞き始めたとな。落語はいいものだ。我は十万年以上生きているので落語の始まりから聞いている。江戸時代という昔の……といっても我にとっては昨日のようなものだが、その頃の名人も良かったが今もいい』

あくまで某悪魔の閣下の様に十万年以上生きているという設定になりきり質問に返す。

視聴者もその設定を楽しんでコメントしてくれている。

『昭和の名人のオススメは沢山いるが……やはり先代の浮乃家光月《うきのやこうげつ》であろうな。あの表情、間で客を取り込む。間抜けな江戸っ子の描写がピッタリで、まるで落語の世界の住人のようだ。他にも先代三楽亭楽三《さんらくていらくざ》の酒の噺《はなし》は絶品であったな。あとは――』

質問で昭和の名人のオススメを聞かれたので饒舌《じょうぜつ》に語り始めてしまった。

視聴者は元々の落語ファンやこのチャンネルで落語を知った人、落語はわからないけど魔王のキャラが好きで何となく聞いている者など様々だ。

学校の数少ない落語ファンには昭和の名人の話はあまり通じず、楽屋で前座《ぜんざ》があまりベラベラ喋《しゃべ》る事もできないので、インターネットを通じて好きな事を喋って、それに多くの人が耳を傾けてくれるこの配信は僕にとって至福の時間だった。

――一番好きな演目は何ですか？――

そんな質問が来た。古典落語には何百もの演目があるが僕にとっての一番は決まっている。

『ここで何度か語っているが初めての愚民のためにあえて言おう。好きな演目は「死神」であると！』

僕が初めて落語を見てハマったきっかけで、一番好きな演目が子供の頃に聞いたうちの師匠光月の『死神』であり、それは今になっても変わらない。

『死神は魔王である我に近い存在という親近感もあるが、あのストーリー性、怪談にも滑稽噺《ばなし》にもどちらにでも持っていける懐《ふところ》の広さ、そして演者の個性で分かれるオチの演出など多種多様に楽しめる魅力があるな。特に今の光月の「死神」は絶品で――』

と『死神』を語り出したら止まらない。噺の魅力、光月の魅力など五分以上つらつらと語ってしまう。視聴者も訓練されたもので魔王が悦に入って語る様を楽しんでいる。

――魔王様も『死神』できますか？――

――魔王様の落語聞きたい！――

――『死神』やって！――

ある程度語っていたらそんなコメントが続いた。

『うむ、「死神」……か……』

この配信でリクエストがあった時は、あくまで魔王として落語をやる事もある。

だけど『死神』は思い入れのある演目だ。それに落語家がネタをかける為《ため》にはまず師匠がお手本を見せてくれて、覚えたネタを今度は師匠に見てもらい、合格なら高座《こうざ》にかける許可を貰《もら》えるという稽古、通称上げの稽古というのが必要だった。

いつもはリクエストがあっても軽い前座《ぜんざ》噺《ばなし》だけをやっていたのだけど……

『いいだろう、「死神」をやってやろうではないか！』

今日の学校寄席《よせ》で師匠の落語を聞いた時に感じたもの、楽屋で兄《あに》さんに嫌味を言われて感じたもの、様々な感情が混ざり合って『死神』をやると宣言してしまった。

僕は落語家になる前にもアマチュアとして落語をしていた。『死神』なら小学生、中学生の頃に学校の文化祭などでやった事もあるし、師匠の『死神』を何十、何百と聞いているのでセリフは完璧に覚えている。だけれども師匠からやっていいという許可はもらっていない。

（これは配信だから……陽太《ようた》じゃなくて魔王だから……）

それを心の中で言い訳して——死神を語り始めた。

5

『へっへっへ、俺は……死神だぁ……』

——魔王様かっこいい！——

——雰囲気あるー——

沢山の感想コメントが書かれる。

この『死神』はうちの師匠の十八番《おはこ》のネタだ。お金に困った男が死神に出会い、病人の近くにいる死神を追っ払う呪文を教えてもらう。その呪文で死神を祓《はら》い、医者としてお金を稼いでいく……という噺《はなし》だ。

ボイスチェンジャーで声を変えてあるので重低音のおどろおどろしい死神の雰囲気を作る。声は変わっても間は僕のままだ。師匠がここぞという時に高座《こうざ》にかける『死神』を思い出し、トレースしていく。

ずっと好きで、前座《ぜんざ》の間もこっそり稽古していた『死神』だけど、今日は一番の出来かもしれない。あくまで魔王としての落語なのが勿体無《もったいな》いけれど……

でも今僕はノっている。僕が落語を好きになったきっかけである『死神』を語っているからか、かつてない高揚感に身体《からだ》が不思議と熱くなっている気がする。漫画だったら金色に光るオーラを纏《まと》っているような……っていうのは大袈裟《おおげさ》だけれども。

この渾身《こんしん》の『死神』を視聴者にだけでも楽しんでもらおう。

『死神の呪文を教えてやるよ。その呪文ってのはな──』

ゲームやアニメにはいくつも出てくる呪文。落語で呪文といえば死神の呪文だ。

『アジャラカモクレン、テケレッツの、パ！』

——落語で呪文なんてあるんだね——

——おお、雰囲気ある——

——何か召喚されたりしてｗ——

色々コメントが付く。これは召喚というより追っ払う呪文だが……

そんな死神の呪文のセリフを言った。

その時だった——

バリッ、バリッ、バリバリバリバリ——

突然の轟音《ごうおん》。落語のセリフではなくパソコンから大きな音がする。

——すごい、ＳＥも入るんだ——

——リア
特殊効果と勘違いした視聴者からコメントが書かれるも途中で途切れ、パソコンの電源がプツンと切れる。

「え？　何？　故障？　停電？」

僕は状況が摑《つか》めず、慌ててパソコンの電源を確認する。特に異常はない。停電した様子もなく轟音だけが鳴り響いている。

バリバリバリバリ、ギュルギュルギュルギュル——

パソコンが音だけでなく光を放ち始めた。白色の発光だけでなく赤、青、黄、と変わっていき、次第にそれらが混ざり合った虹色のような光が稲妻の様にパソコンから部屋中を駆け巡る。

ド————————ン！

パソコンの画面から何かが飛び出した。地震の様な衝撃。それは埃《ほこり》か煙か、部屋が白いモヤの様なものに包まれ視界が悪い。

「な、なんだ……？」

ようやく視界がハッキリした僕の目の前に、人影が見えた。

「アタタタ……。なんじゃここは……？」

先程までは僕一人しかいなかった部屋、パソコンの前に浮かんでいたその人影。

紫がかった黒髪に二つの眼《め》、一つの鼻、一つの口と一見は人の形をしているが、頭には短くも硬そうな角、口には八重歯と言うよりはキバ、背中には堕天使の様な黒い翼を生やした異形な姿が空中に浮かびキョロキョロしていた。

「あ……だだだ……」

あまりの事に、僕はその存在を指差しうめき声を上げるのがやっとだったが……

「い、一体何が……？　宙に浮かんだ……女の子？」

僕の目の前に現れたのは異形ではあったけど身長は150センチあるかないか、ボーイッシュだけど顔をよく見ると確かに女の子に見えた。声も高く可愛《かわい》らしかった。

「なんじゃお前は？　ニンゲンか？　ワシは本当にコッチへ来てしまったのか？」

彼女は羽をバタつかせちょっぴり宙に浮かんでブツブツ何か言っている。

「あ、あの……君はなんなの？」

質問をすると彼女は低空飛行のままふんぞり返り笑った。

「ハッハッハッ！　聞きたいか？　そうであろう、そうであろう。良いぞ、特別に教えてやる。我は魔王！　混沌《こんとん》が産み出した魔族の王である！　八代目カオスムーンじゃ！」

とんでもない事を言い出した。魔王……？　僕が演じていた魔王はあくまでフィクションの魔王だ。魔王といえば悪魔の様な姿をしていたり、モンスターの様だったりするイメージだけど、この娘《こ》は角と羽が生えてはいるが普通の女の子の様に見える。

これが……魔王……？

「そんな、魔王なんているわけ……」

「目の前にいるのじゃ……って、言ってる場合じゃないのじゃ！　お前のせいじゃ！」

「はい？」

「マ魔王に行けって言われて……嫌じゃって言って部屋に籠《こも》ってたはずなのに……呪文が聞こえて、変な光に吸い込まれたと思ったらこんな所に……。お前から何か魔力を感じる。お前のせいじゃ！」

「訳がわからないよ。魔力？　そんなもの僕にあるわけないじゃないか！」

「いや、お前から何か感じるのじゃ……。とにかくワシはシュギョーなんかしたくない！」

「修行？　いや、もっと訳がわからないよ。君は一体……」

「ワシの事はいい！　アッチの世界へ帰すのじゃ！」

「あっ、ちょっと、痛っ！」

自称魔王の女の子が僕の胸ぐらを掴んできた。僕より小さい女の子なのになんて力だ。グイグイ壁際《かべぎわ》の棚まで押されてしまいドンッとぶつかる。

「あぶなっ……あっ……きゅ～」

棚の上に飾ってあった額縁が落ちてきて、その角が僕の頭頂部にクリーンヒットした。当たりどころが悪かったか、そのまま僕は倒れてしまった。

「なんじゃ、ニンゲンはヤワじゃのう……」

薄れゆく意識の中でその一言だけ聞こえた気がした。

6

「イテテ……。なんだか頭が痛いなぁ。配信中に寝落ちしてどこかぶつけたかな。パソコンの電源は……切れてるな。なんだか変な夢を見た気がしたけど。とりあえずお風呂《ふろ》で汗を流すか……」

今日は土曜日で学校は休み。夕方から都内のホールで師匠の独演会があり、そこに前座《ぜんざ》で入る事になっている。師匠は昼頃に一時帰宅して僕と一緒にホールへ向かう予定だ。

昨夜の長野での独演会の打ち上げでしこたま飲まされているだろう。お酒強くないのに付き合いがいいからなぁ。お昼はさっぱりとしたものを作ってあげよう。着替えの準備をして、離れの部屋から庭を介して本宅のお風呂場へ向かう。

この家には師匠と二人暮らし。師匠は午後まで留守にしているので今朝は僕一人だ。一番風呂は気持ちいいものだ。服を脱いでガラッと風呂場の戸を開けると……

「お、なんじゃ？　お前も風呂か？」

「う……うわぁくぁｗせdrftgyふじこlp……」

声にならない声を出してしまった。夢に出てきた自称魔王の女の子がお風呂に入っていた。僕に気が付くと、湯船から立ち上がる。タオルも巻いていないのに。

お尻から尻尾が生え、背中から羽も生えている。顔を両手で覆いつつもつい指の隙間から見てしまう。

「汗をかいたから風呂を借りてるのじゃ。しかし全くあの程度で気絶するとは、ニンゲンはヤワじゃのう」

僕がいる事を気にせず話してくる彼女。いや、これ以上は刺激が強い。夢だとしても女の子の裸なんか見慣れない。

「いいから、服を着て、服！　てゆーか覚めろよ夢！」

「夢？　まだそんな事を言っているのか。ホレ！」

自称魔王が僕に水を被《かぶ》せる。ちべたい。この感触は本物だ。

「え、じゃあ君は本当に……」

「そう、ワシは魔王！　八代目カオスムーンじゃ！」

昨夜と同様に両手を広げ、声高々と自己紹介をする自称魔王。羞恥心はないのか。

「とりあえず服着て服！」

僕のお古の服を脱衣所に放り込んで、僕も身体を拭き、着替えて客間へ移動した。

僕の服をだらしなく着込んだ魔王を名乗る女の子に疑問をぶつけてみる事にする。

「それで、本当に魔王なの？」

「だーかーらー、最初からそう言ってるじゃろ」

口を尖《とが》らせて訴える魔王。確かに角も尻尾も羽も生えてるし、昨夜は宙に浮いていた。

「それで、その魔王様が何をしに？」

「それは……」


「それはワタクシから説明いたしますわ」

僕の質問に魔王が言い淀《よど》んだところで突然の声。振り向くと客間のテレビが昨日の様にピカッと七色の発色をした。

ド――――ンという大きな音と共にテレビの画面から女性が飛び出してきた。

その女性はウェーブのかかった長い髪に黒色のドレス、百人に聞いたら二百人が美人と答えるであろう絶世の美人。だがやはり魔王の様に角、尻尾、羽が生えていて関係者なのは明らかだった。

「だ、だれですか？」

「マ魔王！」

マ魔王と呼ばれた女性はフウッと息を吐くとまず一言……

「とりあえずお茶を淹《い》れてくださいます？」

出てくるなりそう言った。有無を言わさぬその雰囲気に、僕はマ魔王さんに、あとついでに魔王にお茶を淹れて出してやる。

お茶を淹れるのは前座《ぜんざ》仕事でも重要な要素の一つ。僕の淹れたお茶は楽屋でもそこそこ評判だった。魔王は猫舌なのか一口でアツッと言ったきりだが、マ魔王さんは好きなのかクッと飲み干してくれた。

「フウッ、結構なお手前で」

「あ、ありがとうございます」

魔王と違っていまいち感情が読めない人だ。目も開いているのかいないのか。何かを考えているのか、いないのか不思議な雰囲気。

「こいつ……いや、この娘《こ》は本当に……魔王なんですか？」

「はい、この娘はここと違う世界の魔王。当代……八代目の魔王カオスムーン。そしてワタクシはこの娘の母で先代魔王になります。あ、魔王のママなのでマ魔王と呼んでくださいね」

「はぁ……だけどやっぱり魔王とか魔法とか現実味がなくて……」

「あら、そうですか。でしたら……ハイッ♪」

マ魔王さんが掛け声と共にウインクしたかと思うと、湯呑《ゆの》みの中のお茶がキュルキュルと竜巻のように飛び出した。そのまま空中を駆け巡ったお茶の渦はマ魔王さんの再びのウインクと共にスッと湯呑みに戻った。よく見ると茶柱で『マ』の字が書かれている。

「信じてくださいましたか？」

「信じられないけど……信じざるを得ませんね……」

目の前の光景……そして突然現れた二人……。魔法は、魔王は本当に存在したという事だ。

「魔王が本当にいるという事はわかりました。それでそんな魔王がどうやってこの世界に……？」

「あら、昨夜アナタが召喚の呪文を唱えたからじゃありませんか」

「え？　僕は呪文なんて唱えていませんよ」

「唱えたでしょう？　アジャラカモクレン、テケレッツのパ。ワタクシ達の世界に伝わる召喚の呪文です。それを大きな魔力を持った者が深夜十二時十二分に唱える……という条件が重なると二つの世界が繋《つな》がるのですよ」

確かに呪文を唱えたのはそのくらいの時間だったけれど。死神を払う呪文が異世界だと召喚の呪文って事なのか……って大きな魔力を持つ者……？

「待ってください。大きな魔力を持つ者って、僕にはそんなもの……」

「あら、こちらの世界にも魔法があるじゃないですか。江戸にいたかと思ったら死神の世界にいるように人に想像させたり、他にも、そこにない饅頭《まんじゅう》をあるように見せたり……」

「でもそれは落語の話でしょう？」

「ええ、でもその落語を魔法の様だと思った事はありませんか？」

「そんな事は……あ……確かに子供の時は落語を見て、夏なのに寒く感じたり、食べる仕草を見たらお腹《なか》が空いたり、まるで魔法だと思った事はあります。でも今となっては想像しているだけってわかってますし……」

「その想像力が肝心なんですわ。ワタクシ達の世界では火や水を動かしたり空を飛んだりする事を想像し、実際に動かす事に魔力を使っています。こちらの世界では言葉で世界を創造したかの様に見せる事に魔力を使っている様ですね」

「知らない内に魔法……みたいな力を使っていたという事ですか？」

「そう、魔力という意識はない様ですけど、昔から日本には言葉を尊重した歴史があるみたいですね。言霊《ことだま》だなんて言いますし」

言霊。言葉には神秘的な霊力が込められているって言うけど、本当にあるのか……？

「言《こと》の葉《は》を用いて世界を創る。その究極が落語ですわ」

「待ってください。さっきから聞いてて思ったんですが、なんで異世界の人がこちらの世界の、日本の伝統芸能である落語を知っているんですか？」

「こちらの世界の情報を知る手段はあるんです。行き来はできませんでしたが、こちらの世界の本やCD、ゲームなどはたまに次元の裂け目から流れてきますの。この娘《こ》もよくゲームで遊んでましたわ」

「え、こっちの文化が流出してるんですか？」

「ええ、そしてワタクシ達の世界に流れてきたCDの中に落語がありまして、興味本位で聞いてる内に……すっかり虜《とりこ》になりましたの」

それで先代魔王が落語ファンになっちゃったわけか。

「それで、こちらの世界で何を……？」

「実は……この娘に落語の修行を、そして前座《ぜんざ》修行をしていただきたく……」

「へ？」

「ですから前座《ぜんざ》修行を……」

「ぜ、前座《ぜんざ》修行？」

思わぬ回答に驚く。魔王に前座《ぜんざ》修行とは。

「ゼンザだかギンザだか知らんがワシはシュギョーなんか嫌じゃ！」

それまでブスッとして聞いていた魔王がマ魔王さんに言った。

「だまらっしゃい！」

「ひいっ！」

駄々をこねる魔王に、マ魔王さんが目を見開き一喝する。怒らせると怖そうだ……

「それで前座《ぜんざ》修行させたいというのは……？」

「ええ、この娘ったら魔王になったのはいいけれど魔法の勉強をしてくれず、元々不器用だからか殆《ほとん》ど魔法が使えません。精々背中の羽でちょっと浮くくらいで。魔王なら魔王らしくもっと沢山の魔法を使えるようになってほしい。落語を修行する事によって魔力に目覚め、魔法の勉強にもなるのではないかと……」

「わかったような、わからないような……」

「それに前座《ぜんざ》修行というものは大変厳しく精神の修行にもなると聞きました。重いタイヤを引きずってお茶汲《く》みをしたり、冷たい滝に打たれながら寿限無《じゅげむ》を唱えたり、強力な鋼のギプスを着けて厳しい修行に耐えるのでしょう？」

いやいやいや、流石《さすが》にそこまでは厳しくない。

「前座としての精神的な修行、そして言霊を秘めた落語を学ぶ事で、魔王として成長できるのではないかと」

「はあ、そういうもんでしょうか……」

「それにアナタの所に召喚されて良かったですわ」

「僕で良かった？」

「アナタ……というよりアナタの師匠が……その……ワタクシ……光月《こうげつ》師匠の大ファンなんですの！」

「は？」

「CDで何百席と落語を聞いてきましたが、光月師匠の表現力は絶品ですわ。まるで江戸がそこに見えるよう！　それでいて気取らない飄々《ひょうひょう》とした雰囲気。ああ、光《こう》サマ！」

目をハートにして師匠を語るマ魔王さん……わかってるじゃないか。

「そんな推しのところに娘が弟子入りするなんて考えたらもう！　というわけで弟子の陽《よう》太《た》さんに仲介していただきたく、アナタが『死神』の呪文を唱えたのを触媒として、向こうの世界とこちらの世界とを繋ぐ扉を開き、この娘を送り込んで、更にはワタクシもこちらの世界に来たんですの」

あぁ、つまりイケメンアイドルが好きで、芸能事務所に子供の履歴書を送っちゃうみたいな感じか。

「だーかーらー、ワシはそんな知らん奴《やつ》の所でシュギョーするなんて嫌じゃ！」

しばらく黙っていた魔王がまた駄々をこねる。

「だーめ。アナタには修行してもらいます。魔王修行のためっていうのも本当なんだから。あんまり駄々をこねると……エイッ！」

マ魔王さんがどこからか取り出した杖《つえ》を魔王に向かって振るとポンッと音がした。魔王の方を見るとそれまで生えていた角、羽、尻尾、キバが消えていた。

「な、なんじゃこりゃー!? ワシの角が、羽が、尻尾が、キバが……」

「ワガママを言うから先代魔王の権限でアナタの魔族としての姿を封じました。バカ力も抑えてあります。今は殆ど人間よ。ちゃんと前座《ぜんざ》修行をして精神的に成長したら戻してあげます」

「そんな～」

「修行を終えるまで元に戻らない呪いをかけました。解いてほしかったらちゃんと前座《ぜんざ》修行すること」

「えー」

「い、い、わ、ね」

「は、はい……」

ドスを利《き》かせたマ魔王さんの迫力。流石に観念したのか、涙目で頷《うなず》く魔王。

「そんな顔しないの。ほら、勇気の出るおまじないをかけてあげるわ」

そう言うとマ魔王さんは魔王の額に口付けをした。

「パパが戦場へ行く時にいつもしてあげてるおまじないよ。これで頑張りなさい」

「うー……」

マ魔王さんに励まされてもまだ魔王は納得いかない様子だ。

「それじゃあ娘の事はお願いしますわ。ぜひ光月師匠の弟子に！」

「待ってください！　僕にそんな権限はないですし、師匠が弟子に取るかもわかりませんよ。それにこの子は落語できるんですか？」

「あら、入門前に落語ができるかどうかというのは関係ないんじゃなくって？」

それは確かにそうだ。アマチュアの大会で優勝した者も、落語を全く知らない初心者でもプロの落語家になったら等しくゼロから修行が始まる。僕も子供の頃に師匠から落語を教わっていたとはいえ、プロになったらそれまでのネタは一度リセットされ、プロの落語家として改めてより厳しい指導を受けた。

「それにこの娘《こ》は小さい頃から昔話を面白可笑《おもしろおか》しく話すのが得意でした。もしかしたら落語の才能もあるんじゃないかなと思っています。親バカですかね」

そう言って魔王を優しい目で見つめるマ魔王さん。

「ただいま〜」

そんな時に師匠が旅先から帰ってきた。え、どうしよう。

「いやっ、光《こう》サマと面と向かったら耐えられないわ。あくまでワタクシは遠くから推しを楽しむの。とにかく娘の事をお願いします。ぜひ光サマの弟子に推薦してくださいませ。それじゃあちゃんと修行するのよ。さようなら〜」

またしてもテレビの画面が光ったかと思うと、マ魔王さんはその中へと消えてしまった。

「マ魔王〜。なんでこんな事に……」

魔王がテレビ画面を叩《たた》くが、異世界への扉は閉じてしまったのか反応がない。

「……クックック。まぁいいのじゃ。小うるさいマ魔王がいなくなったのならこっちの世界で好きにしてやるのじゃ。おい、お前。なんか甘い物を食べさせるのじゃ！」

「な、なんだよ急に偉そうに！」

「ワシは魔王じゃぞ！　言う事を聞けー！」

「ヨタ〜。いるのかい〜？　誰か来てるのかい？」

二人で言い合っていると師匠が居間の戸の前まで来ていた。

「なんじゃ、誰か来たのか？」

僕はこれから『師匠のファンの先代魔王が、娘の魔王を修行のために弟子入りさせたいらしいんですがどうしましょう？』と説明しなくちゃいけないのだろうか？

7

「それでこの娘《こ》は……？」

師匠が座卓の反対側に座り、聞いてくる。なんと説明したものか。魔王は僕の隣で胡座《あぐら》をかき偉そうにしている。せめて師匠の前では正座してほしい。

「あ、そうだ。これお土産のお饅頭《まんじゅう》ね。その娘にも出してあげて」

「クンクン。なんじゃ、コレは？」

食べ物が出たからか、やっと魔王が口を開く。向こうの世界にはお饅頭はないのかな？

「お饅頭だよ。食べた事ないの？　甘いお菓子」

「オマンジュウ……？　知らんがワシは甘いものは好きだ。どれ……」

言うなり一口にパクつく魔王。途端に目を輝かせる。

「こ……これは！　う、美味《うま》い！　この世界にはこんなに甘くて美味いものがあったのか？」

「ハハハ、本当にお饅頭が初めてなんだね」

「え、えっと、この娘は海外で暮らしていたみたいで……」

「そうなんだ。美味《おい》しかった？」

「いやぁ、美味かったぞ。オマンジュウとやらなら無限に食べられるな」

饅頭のお陰か、不貞腐《ふてくさ》れていた魔王は少しご機嫌になったようだ。

「ハハハ、面白いね。僕はよく食べる子は好きだよ。このヨタは気を遣ってか遠慮がちでね……それでこの娘は？」

「えっと、先程この娘の母親と一緒に来て……あの、母親が落語好きで、この娘に落語を聞かせたいとかなんとか……。その母親は用があると帰ってしまって……」

嘘《うそ》にはならない程度に説明した。知り合ったのは昨日今日だし、魔王修行のためだとかそんな事は言えない。

「へぇ……落語好きなの？」

「んー、昔話は好きじゃぞ。ほらアレ。桃から生まれた勇者がケルベロスとキングコング、フェニックスをお供に連れて暴れる鬼を退治する話」

「なんだいそりゃ？　『桃太郎』のアレンジかい？」

「そーそー、なんか古臭い話じゃったからワシが面白おかしく変えちゃったのじゃ。

後は伝説の聖獣、玄武《げんぶ》に乗って海底の城を目指し、時を操るパンドラボックスを手に入れる話とかな」

「なるほど、『浦島太郎』を斬新な視点で見ているね。他には？」

「あー、宇宙人の姫が男にワガママ言って伝説の宝具を持ってこいと無茶振りして、気に入らないから宇宙船に乗って帰っちゃう話とかな」

「『かぐや姫』か。確かにそういう話だね。面白い」

向こうの世界に間違って伝わってるのか、魔王が適当にアレンジしているのかわからない昔話を師匠が楽しそうに聞いている。

「ワシの話を聞いてみんなが笑うのが好きなのじゃ！」

「いい事言うね……」

魔王の一言に師匠は目を見開きニヤッと笑った。言っている事は凄《すご》く立派で、魔王でも王は王なんだと僕は初めて感心した。

「あ、あの、それでこの娘《こ》を……」

ずっとやり取りが続きそうだったので慌てて割って入った。

「ふ～ん、じゃあちょうどこれから独演会だし、連れておいで。席は満席のはずだけどヨタの友達という事で特別に舞台袖から見せてあげる」

僕が気まずそうにしているのにどこまで気付いたのかわからないが、師匠はそう言ってくれた。こんな魔王に落語の良さはわからないかもだが。

「ドクエンカイ？　オマンジュウは食べられるか？」

「多分楽屋の差し入れで出ると思うよ」

「じゃあ行くー」

「おいでおいで」

僕の苦悩をよそにキャッキャッと言っている師匠と魔王。そんなこんなで三人で落語会のあるホールへ移動した。

◯

今日の独演会は殆《ほとん》どが落語ファンで埋め尽くされた三百席のホールだ。落語会はいわゆる寄席《よせ》と呼ばれる常設の小屋の他に、区や市のホールなどで公演されるホール落語会というものもある。ホールに入ると僕はすぐにマイクチェックをしたり、楽屋でお茶を出したりと前座《ぜんざ》の仕事でバタバタする。

「あ、時間だ。師匠、勉強させていただきます」

「うん、いってらっしゃい」

そうこうしている間に開演時間になった。まず僕が最初に上がり、次に二ツ目《ふたつめ》の兄《あに》さん、休憩を挟んでマジックの先生、最後に師匠の長講一席で終わりだ。独演会といっても本当に一人ではなくて二ツ目《ふたつめ》や漫才やマジックなどの色物さんが入る事も多い。

『いいえ、屁《へ》とも思っておりません』

昨日の学校寄席《よせ》と同じように『転失気《てんしき》』をかけたが、やはり上手《うま》くいかないままサゲまで終わってしまった。

「なんじゃ、今のがラクゴってやつか？　お前ガチガチじゃったのう。もっと楽しそうに話したらいいんじゃないか？　ラクゴ好きじゃないのか？」

「うるさいなぁ。好きだよ。好きだけどさ……」

舞台袖で楽屋の饅頭をパクつきながら退屈そうに見ていた魔王が僕に言った。

「お疲れさん。じゃあお次ー」

袖にいた部外者の魔王を訝《いぶか》しんでかジロジロ見つつも、高座《こうざ》に上がっていった二ツ目《ふたつめ》の兄《あに》さん。いつもお世話になっている勘太兄《かんたあに》さんだ。

『饅頭ー、怖いよー！』

前座《ぜんざ》の僕が雰囲気を作れなかったからか、敢《あ》えて前座噺《ぜんざばなし》の『饅頭怖い《まんじゅうこわ》』で雰囲気を作っている兄《あに》さん。

「おお、マンジュウの話をしているな。なんじゃ、お前よりずっと堂々としているではないか」

お気に入りの饅頭が落語に出てきて喜んでいる魔王。そして本質をついてくる。

クソ、学校寄席《よせ》なら僕ももう少しは……。でも学校寄席《よせ》はあくまで仕事の一部。寄席《よせ》やホールで本領発揮できなくちゃしょうがない。

休憩を挟み、後半が始まる。後半の最初はマジックの先生だ。

「なんじゃ、鳩《はと》を出したり火を出したり。向こうじゃ普通にこのくらいの奴《やつ》はいたぞ」

自分はできない癖に偉ぶる魔王。その割には代わる代わる品を変えるマジックを楽しんで見ていた。その間に楽屋の師匠を迎えに行く。師匠は独演会では早めに着替えて高座《こうざ》の直前まで一人で精神集中している。

「師匠、そろそろお時間です」

「……そうかい」

僕が声をかけてから間《ま》をおき、師匠が振り返る。身体《からだ》中の血が冷たくなって逆流するようにゾクッとした。昨日の学校寄席《よせ》や家での穏やかな師匠とは違う。今日の独演会の演目に合わせて精神を刃《やいば》の様に研ぎ澄ませていた。

これ程の集中をしている時の演目は決まっている……アレだ……

師匠と楽屋を出て舞台袖まで行くと、見学していた魔王があくびをしていた。

「眠いのかい？」

「ふぇ？　は、ひゃい！」

師匠に背後から声をかけられた魔王は素っ頓狂な声を上げて直立する。それまで椅子に座っていたが、師匠の高座《こうざ》前の雰囲気に気圧《けお》されたのだろう。師匠も笑ってはいるがオーラは先ほどからずっと張り詰めている。魔王すらビビらせる師匠の風格は凄《すさ》まじい。師匠はそんな魔王を気にせず高座《こうざ》の様子を覗《のぞ》きに移動した。

「なんじゃ？　あやつ、これからドラゴンでも退治に行くのか？」

ヒソヒソ声で魔王が異世界風に例える。向こうの世界ではドラゴン退治は命懸けで、これくらいの気迫がいるのだろう。目の肥えた何百人もの落語ファンはドラゴンより手強《てごわ》いかもしれないが。

「ご苦労様です」

前のマジックの先生の高座《こうざ》が終わったので、次に上がる師匠に僕や兄《あに》さんが声をかける。お囃子《はやし》さんが師匠の出囃子《でばやし》『鞍馬《くらま》』を弾《ひ》き、兄《あに》さんが太鼓を叩《たた》く。

「行ってくるよ」

僕が高座《こうざ》に座布団《ざぶとん》を置いて戻ってくると、師匠がすれ違いざま言った。口元は笑っているが目が笑っていない。

高座《こうざ》前は神経を研ぎ澄ませている師匠だけど、今日はいつにない雰囲気だ。定期的な独演会で、お客さんも常連さんのはず。いつもと違う何か……

もしかして魔王が落語を見るのが初めてだから、そんな魔王に落語の魅力を気付かせようといつも以上に気合を……？　ありえる話だ。師匠はいつも初めてのお客さんこそ大事にしている。魔王は師匠にここまでさせたんだからちゃんと楽しんでくれよ……


『おれはぁ……死神ダァ……』

やはり師匠のネタは十八番《おはこ》の『死神』だった。ここぞという時は必ずこのネタをかける。死神が出た時の張り詰めた空気で客席や舞台袖の僕らは息を呑《の》む、それでいて笑い所は軽快なテンポで進み、自然と大きな笑いが起きる。この緩急は誰にも真似《まね》ができない。

「凄いのじゃ……」

そんな師匠の高座《こうざ》を誰より食い入る様に見ていたのは――魔王だった。

あくびをしていたのが嘘の様に目を輝かせて落語に夢中だ。どうだ、うちの師匠は！

『な、なんだいこりゃあ！　蝋燭《ろうそく》がこんなに沢山！』

『これはな……一本一本が……人間の寿命だ……』

死神の後半、死神との契約を破った男が地下深くの死神界へ連れて行かれた場面。

「な、なんじゃ！　寒いぞ！」

冷たい空気が吹き荒《すさ》ぶ洞窟の場面を見て魔王は少し震えていた。

魔王だけじゃない。六月だというのに客席に冬がきたように、お客さんも息を呑み震えている。師匠の落語でこのホールごと死神界へ連れて行かれたような感覚。

「お、おい。あいつは大魔術でも使えるのか？　世界を創造しおった！」

魔王には師匠が魔法で死神の世界を創り出した様に見えたらしい。

師匠の落語は、その世界が見る人の目の前にある様に想像させ、五感すら刺激する。まさに魔法の様だと思っていたけれど、異世界の魔王すら驚愕《きょうがく》させるとは……

『へっへっへっ……ほーら、消えちゃうよぉ……。消えたら……死ぬよぉ……』

『うわぁっ、死んじゃう！　ついてくれよぉ……』

「お、おい！　あいつ死んじゃうぞ？　いいのか？」

もはや落語と現実の区別がつかなくなった魔王が僕に言う。それだけのめり込んでくれたのは師匠の事だけど嬉《うれ》しい。

『あっ……消えた……』

命の蝋燭が消えて照明が落ちる演出。余韻を感じる少しの間を置いて、終演の合図である追い出し太鼓を叩く。これで客席はそれまでの『死神』の世界から現実へ。

ここぞという時に師匠が十八番でかける『死神』だけど、今日は僕が見た中でも特に絶品の出来に感じた。客席もしばらく呆然《ぼうぜん》としている様だった。

「あ……あ……」

呆然としているのがもう一人。魔王だ。

あれだけ偉そうにしていた魔王が師匠の『死神』に圧倒され、終わった後も立ち尽くしていた。そんな魔王を置いて僕は楽屋へ向かう。

「師匠、お疲れ様です」

師匠の楽屋へ行くと高座《こうざ》前の張り詰めた雰囲気はなく、いつもの穏やかな師匠だった。

「あの娘は楽しんでくれたかな？」

「え、はい。初めての落語にびっくりしてたみたいで。少しでも落語を好きになってくれますかね？」

「あの娘は落語を好きになると思うよ。勘だけどね」

そう言った師匠から着物を受け取り畳む。師匠の勘はよく当たる。そして現に魔王は落語に魅了されていた。それだけ師匠の落語が凄いのもあるけれども、元々好きになりそうな雰囲気を感じたのだろうか。

○

「待っていたのじゃ！」

片付けを終えて師匠と一緒にホールを出ると、いつの間にかいなくなっていた魔王が外で待ち構えていた。偉そうに腕組みをして立っている。師匠はそんな魔王の様子を気にする事もなくフッと笑って声をかけた。

「どうだい？　落語は楽しかったかい？」

「ウム、お前……其方《そなた》の言霊《ことだま》は見事じゃった。まるで世界がそこに創造されたようだったぞ」

「言霊……？　ははっ、難しい言葉を使うね。上手い事言ったもんだ。ありがとう。また見にきてね」

師匠はまた来てねと言ってはいるけど、魔王なんて怪しい奴《やつ》はできたら元の世界に帰ってもらいたい。

「あっ、待て……待って……なのじゃ！」

帰ろうとする師匠に、魔王は腕組みを解いて追《お》い縋《すが》る。

「えーと、その、なんじゃ。ワシはこれまで誰かに教わる事なぞないと……シュギョーなんてするもんじゃないと……だから……その……」

「ふむ？」

モジモジして何か言っている魔王に、師匠は目線を合わせて優しく聞いている。まさか、魔王は本当に弟子になろうと……？

「だ、だから！　おま……其方……シショーにだったら教わりたいと思ったのじゃ。そのくらい今日のラクゴは見事じゃった。シショーに教われば、言霊で世界をも創造できるようになるかもしれない。いや、なりたい！　だから……デシになってやる！」

かつてない弟子入り志願の言葉だった。普通は決死の思いで弟子にしてくださいと頭を下げるというのに、よりにもよって弟子になってやると上から目線とは。

「ふむ……君《キミ》は落語を覚えて……どうしたい？」

「ラクゴの事はまだ良く知らんが……ワシが覚えたら沢山の人を笑わせたい。笑ってもらうのは好きじゃ。それに笑いだけじゃなくて、さっきのシショーみたいに世界を創造したい。ワシだけの世界を。ワシの創った世界でみんなを楽しませたいのじゃ！　笑いはエネルギーじゃ。皆が笑えばワシも元気になる。それでまたワシが笑わせれば民も元気になる。エネルギーに満ち足りた世界を創りたいのじゃ！」

魔王だから落語をスケール大きく捉えている。そう語る魔王の言葉に僕は口を挟めず、師匠は黙って聞いていたが……

「うん……いいよ。弟子にしてあげる」

「わーい！　よろしくなのじゃ！」

「はぁー⁉」

師匠があっさり認めたので、思わず僕が大きな声を出してしまった。なんでこんな怪しい奴を弟子に取っちゃうのか。

これまで僕の後に何人も志願者が来ていたけど師匠は断っていた。それを今日初めて落語を聞いた、師匠は知らないとはいえ異世界の魔王を弟子に取っちゃうの？　僕だけが独占していた師匠を取られるようで悔しい。

「ヨタも初めての兄弟子《あにでし》になるんだ。ちゃんと教えてあげてね。人に教えるという事は自分が教わる事にもなる。妹弟子《いもうとでし》ができた事によってヨタも成長できるんだよ。またあの頃みたいに……いや、それ以上になれる様にね」

「は、はい……」

そう言って僕の頭を撫《な》でる師匠。そう言われたら弟子から師匠に反論はできない。

「そうだ、君《キミ》、名前は？」

「ワシは八代目カオスムーンじゃ！」

「八代目かおす……？　じゃあ君《キミ》の芸名は八子《はちこ》で。落語の登場人物で有名なのも八五郎《はちごろう》だし、八って数字は縁起がいいんだ。よろしくね、ハチ」

「ハチ……？　よくわからんが頼むぞ！」

未《いま》だ呆然としている僕の隣であっさり芸名が決まったようだ。これから落語家として名乗っていく名前を授かったありがたみを、魔王はいまいちわかってないみたいだけど。

平穏な前座《ぜんざ》修行から一転、今日から魔王の兄弟子《あにでし》になってしまうとは夢にも思わなかった。

「魔王が妹弟子《いもうとでし》なんて……一体どうなっちゃうの……」

「お前もよろしく頼むのじゃ。ヨタ！」

できたばかりの妹弟子《いもうとでし》に呼び捨てにされ、僕は早速先行き不安になるのだった。

春風亭吉好の落語解説

その壱 落語家の階級制度

●前座見習い

期間：一ヶ月〜。楽屋修行前に、師匠の鞄持ちなどをしつつ、着物の畳み方や太鼓の叩き方など、前座修行の基礎を教わる期間。基礎的な事がある程度できるようにならないと、楽屋入りを認められない。

●前座

期間：三年〜。落語家のホームグラウンドである寄席で毎日修行する期間。開口一番で短時間のみ高座に上がれるが、後は楽屋で山ほどの仕事をしなければならない。基本的に一年中休みはない。

●二ツ目

期間：十年〜。前座修行を問題なく務めて師匠のお認めがあると、二ツ目に昇進する。二ツ目になると毎日の楽屋修行は無くなる。二ツ目に昇進すると羽織を着る事ができるようになり、自分の独演会も開催できる。

●真打

二ツ目を十年以上経て協会幹部や寄席のお認めがあると、真打に昇進する。落語家の最上位の階級。真打になって初めて『師匠』と呼ばれ、弟子を取る事ができる。寄席でトリを取る事ができるのも真打だけ。

第二章　浅草の魔王様

1

「師匠、本当ですか？」

「本当って？」

突如として現れた異世界の魔王が妹弟子《いもうとでし》になった。とりあえず行く当てのない魔王を師匠宅へ連れて帰る。僕は離れの部屋で暮らしているのに、アイツは物置として使って余っていたとはいえ本宅の部屋をあてがわれた。

そして翌朝。僕は師匠と魔王――ハチについて話していた。師匠の判断とはいえ、僕はいまだに少し納得できず師匠に食い下がっていた。

「本当にアイツを弟子に取るんですか？　しかも住み込みだなんて」

「うん、取るよ。ヨタもそうだけど、僕も前座《ぜんざ》の時は住み込みだった」

「で、でも！　これまで僕の後は弟子入りを断っていたじゃないですか……」

「うーん……今まで志願してきた子は、悪いけど落語家に向いてないと思ったから断った。

でもあの子は化ける……気がする。勘だけどね」

化ける？　本当に？　魔王だよ。化けるも何も化物みたいなモンだよ。そんな事は師匠に言えないけども。

「それに親御さんからもお願いしますって……お手紙が来ていたよ。落語が好きなお母さんなんだね。娘に落語をやらせたいってビッシリ書いてあった」

マ魔王さんは知らない内に弟子入り前提の置き手紙をしていたようだ。

「でもっ、母親は好きだったとしても、あいつは落語どころか何も知りませんよ」

「何もって？」

「あ、えっと……海外暮らしが長いので日本の常識がないというか……」

魔王と言うわけにいかずに咄嗟《とっさ》に誤魔化した。

「なるほどね。そうしたらヨタがそれを教えるんだ。海外ではなく異世界だけど。

しっかりしているから……それに、いい刺激になると思うよ」

刺激にしたって強すぎる気がする。しかしここまで言われたら、弟子としてこれ以上食い下がれない。

「わかり……ました……」

「うん、よろしく。ハチはどうしてるんだっけ？」

「奥の空いていた部屋を片付けて寝かせています。まだ起きないみたいで……」

「そっか。じゃあ僕はこれから横浜で楽三《らくざ》との二人会《ににんかい》があるから行ってくるね。楽三との会だとまず打ち上げがあるだろうから夜は遅くなるかな。えっと着物は……」

「はい、カバンに入れてあります。あとハンカチ、ティッシュ、電動髭剃《ひげそ》り、タオルも入れました。髭剃りは満タンに充電したんで一日は大丈夫です」

「うん、ありがとう。ヨタは今日浅草の昼席《ひるせき》だったね。ハチは明日にでも浅草の楽屋へ見学に連れて行ってもらおうかな」

「え、見学ってもうですか？」

「早く慣れた方がいいからね。頼むよ。じゃあ行ってくるから」

師匠を見送り、自分も寄席《よせ》へ行く準備をする。

師匠の落語会に必ず弟子が付いていくわけではない。今日は楽三師匠との二人会で、その楽屋には楽三師匠の弟子のきら星《ぼし》がお供で行っているはずだ。師匠のお供の仕事がないといっても前座《ぜんざ》に休みはない。その場合、前座《ぜんざ》は必ずホームである寄席《よせ》の楽屋仕事をつとめなくてはならない。今日から僕は浅草演芸《あさくさえんげい》ホールの楽屋に前座《ぜんざ》で入る事になっている。

明日、ハチを浅草の楽屋へ連れて行ってほしいと言われた事は少し……かなり不安だ。

「そうだ、アイツまだ寝てるのかな……」

魔王――ハチがいる部屋の戸をノックしたが反応がない。仕方ないので戸を開けると案の定まだ眠っていた。

「むにゃむにゃ……。マンジュウー、美味《おい》しいよ……」

「饅頭美味しいよじゃそのままだろ……」

ハチは呑気《のんき》に寝言を言っていたので一人で突っ込んでしまった。

寝相が悪く腹を出して寝ていたので布団《ふとん》を直してやる。そのまま置いていくのは心配だったが、そろそろ出ないと寄席《よせ》に遅刻をしてしまう。

「ハチの事を考えてる場合じゃない。早く行かなきゃ！」

○

「な……なんだ、これは……」

寄席《よせ》が終わり帰ってくると、その惨状に驚く。客間は泥棒が入ったかの様に荒らされていた。師匠が仕事先でもらったまま手付かずだった菓子折りが、乱雑に開けられ食い散らかされている。台所へ行ってみると冷蔵庫は開けっぱなし。中に保存していた食材も食い散らかされていた。

犯人は目の前にいる。魔王……ハチだ。タッパーに入れていた肉じゃがを立ったまま箸で食べていた。立ち食いは行儀が悪いが、箸は使えるんだな。

「おお、帰ったか。起きたら誰もおらんし腹は減ったたし。この冷たい箱を開けたら沢山食い物が保管されておった。あ、今食っておるコレ、なかなか美味《うま》いのじゃ」

「それはお前に一通り教えたらご飯にしようと作り置きしていたおかずで……」

「お、シュギョーでこれが食えるのか？　それならシュギョーも悪くないのう」

なんだか話が通じない。この妹《いもうと》弟子《でし》にこれから指導するのか……。不安を感じつつもハチを稽古部屋へ連れて行くと、ハチは僕の前にドカッと胡座《あぐら》をかいて座った。

「ハチ、これからお前に色々と教える事がある」

「お、ラクゴを教えてくれるのか？　できたらヨタじゃなくてシショーがいいのじゃ」

「師匠に落語を教えてもらうのはまだ先だよ。あと僕の事はヨタじゃなくて兄《あに》さんと呼ぶ様に」

「カニさん？」

「アニさん」

「コニーちゃん？」

「誰だよ。あーにーさーん」

「バークーダーン」

「んしか合ってない！　どんどん遠くなってる。落語だよこれじゃ」

「お、今のがラクゴか？　あまり面白くはないのぅ」

「落語はこんなもんじゃないから！」

　ハチと話しているだけで頭が痛くなってきた……

「とにかく僕の事は兄《あに》さんと呼ぶ事。これから色々教える先輩なんだから少しでも敬意を払う様に。あと僕みたいに正座しなさい。落語は正座でやるんだから座る時はできるだけ正座すること！」

「嫌じゃ。ヨタはヨタじゃろう。ワシはシショーにデシ入りしたんじゃ。お前の言う事は聞かん」

「だーめ。師匠から色々教える様に言われているんだから。落語家としてのしきたりとか、この世界の最低限の常識も知ってもらわないと」

「いーやーじゃ。ワシはさっさとラクゴを教わって、世界を創造する魔法を使えるようになりたいのじゃ！」

「そういうわけにいかないんだよ。落語家はまず前座《ぜんざ》として礼儀作法から気遣い、楽屋仕事を学ぶの。それが落語に活《い》きてくるんだから。それで魔法が使えるかは知らないけど」

「いやじゃ、いーやーじゃ！　ラクゴ教えろー。シショーに代われー」

ダメだ、言う事を聞かない。押してダメなら引いてみろだ。

「へぇ、そんな事もできないなんて、魔王もショボいんだな」

「なんじゃと？」

「落語家の真打《しんうち》、いや名人がそっちの世界の魔王だったら、前座《ぜんざ》は平民だよ。魔王ともあろうお方が平民のやる事もできないんだぁ？」

「む……できないわけないのじゃ。ワシは天才じゃからな。そこまで言うならやってやるのじゃ。魔王の力を見せてシュギョーなんてすぐに終わらせるのじゃ。どちらにしろ、ちゃんとシュギョーしないと魔法も使えんからのぅ。やってやるのじゃ！」

鼻を鳴らしふんぞり返るハチ。ふぅ、ようやく指導できる。

「まずは僕と同じ座り方、正座をして」

「セイザ？　空の星の絵か？　カッコいい鎧《よろい》着て戦うやつじゃろう？」

古いアニメをなぜ知っている……。マ魔王さんの落語好きといい、異世界にこちらの文化がどの様に流出しているのか。

「そうじゃなくて座り方。今僕がしている様なのを真似《まね》してみて」

「こうか？　……痛い」

正座をさせたら五秒も保《も》たなかった。子供か。

「我慢して。で、挨拶する時はこうやって手をついてお辞儀をする」

「おお、ジャパニーズドゲザか！」

お辞儀の見本にそんな事を言うハチ。だから異世界の知識はどうなっている……

「いいから真似をして。その日初めて会った人にはお辞儀して『おはようございます』と言うんだ」

「真似すればいいんじゃな。おはようございます、と言うんだ」

「おい、言うんだ、はいいから」

「おい、言うんだ、はいいから！」

「それもいらないって」

「それもいらないって！」

「もう、落語だよ」

「もう、ラクゴだよ！　お？　コレがラクゴか？」

「はぁ……」

もうため息しか出ない。そりゃいつかは師匠が新弟子を取って僕が兄弟子《あにでし》として指導する日もくるかなとは思っていた。しかし一門で初めての後輩がこんなのとは……

「ラクゴだラクゴだ！　これで魔法を使えるようになるぞ。わーい！」

ハチが無邪気に喜んでいるのでとりあえずはいい……のか……？

「はぁ、どうなっちゃうんだろう……」

2

僕、浮乃家陽太《うきのやようた》には毎朝の仕事がある。

「ヨター。靴下どこだっけー？」

「もうー、師匠。いつもの所に出してありますよ」

寝癖をつけたまま僕に聞いてきたのは師匠の浮乃家光月《うきのやこうげつ》。落語家の真打《しんうち》で僕の師匠。

「あ、味噌汁《みそしる》にネギ入ってる」

「アレルギーとかじゃないんですから、好き嫌いしないでちゃんと食べてください」

毎朝師匠の着替えと洗濯と食事の世話をしている。これは弟子としては当然の仕事なんだけれども……。師匠は落語の上手さに反比例して生活能力が皆無なので、この時だけは親が子を躾《しつ》けている気分になる。師匠が前座《ぜんざ》の時はどうしていたんだろう……

そしてもう一人……

「ヨター。ワシの服はどこじゃー？」

「ヨタじゃなくて兄《あに》さん、ワシじゃなくてワタシって言えって。今日は楽屋へ挨拶に行くんだから……ってそんな格好でウロウロするんじゃない！　服はそこにあるから」

「ヨタのズボンはワシには大きかったのじゃ。それにこれくらいがゆったりしてていいのじゃー」

「だからって……もうちょっとなぁ……」

寝ぼけ眼《まなこ》で、僕のお下がりのブカブカなTシャツだけを着て（多分下は穿《は》いてない）ウロウロしている女の子は浮乃家《うきのや》八子《はちこ》。通称ハチ。

「ヨター。アンコはどこじゃ？」

「あるけど……ほら……まさかご飯にかけるの？」

「うわーお。こりゃ美味い美味い♪」

「うげぇ、本当にそれで食べるんだ……」

こちらの世界に来て初めて食べた饅頭で、異様にアンコにハマったハチ。せめて食後に別で食べてほしい。

「僕の師匠――先代光月も同じ様にして食べていたよ。懐《なつ》かしいなぁ……」

「えぇ、ホントですかぁ？」

明かされる衝撃の事実。先代の師匠はどんな人だったんだろう。落語の音源でしか知らない。

「うむ、そのセンダイとやらにも会いたいのじゃ」

「もう会えないけどねー」

「なーんじゃ。アンコについて語り合いたかったのじゃ」

妙に意気投合している師匠とハチ。ハチから師匠への態度が弟子なのに馴《な》れ馴《な》れしくて気になる。今日の夜席《よるせき》からハチが初めて寄席《よせ》の楽屋に行くのだけれど先行きが不安だ……

「それじゃあ僕は学校に行ってきます」

「お、ワシも連れてけー」

学校へ行こうと玄関まで来たら、ハチがトコトコと付いてきた。

「っておい、そんなだらしない格好で外に出ちゃダメだよ。ちゃんとした格好しないと」

「えー。だってこっち来た時に着ていた魔王の服も、マ魔王のせいか消えていたのじゃ。ワシの服がないのじゃー」

「帰りに合いそうなの買ってくるから。今日は大人しく留守番しているんだ」

「ムー、ワシに着てほしいなら魔王の鎧を買ってこいなのじゃ！」

「そんなのどこにあるんだよ！」

△△△

私、花井《はない》みつきには毎朝の仕事がある。

学校へ行く前に幼馴染《おさななじみ》のよーちゃん、太陽《たいよう》くんの家まで迎えに行く事だ。

よーちゃんは二歳年上の幼馴染。私達が幼稚園の時に家がお隣同士、お母さん同士が仲良くて、それでそのまま仲良くなったの。兄弟のいなかった私はお兄ちゃんの様に懐いた。小学校も中学校も一緒。高校も同じ所を受験した。

よーちゃんは子供の頃から落語が好きで、私が落語を知ったキッカケもよーちゃんだ。よくよーちゃんと私の家族で揃《そろ》ってご飯を食べた後に、よーちゃんはみんなの前で落語を披露していたっけ。

色々あって今は陰っちゃってるけど、その頃のよーちゃんは本当にキラキラしていた。どの落語ファンも知らない、私だけが知っているよーちゃんの落語の最初の最初。いつか名人になったらいい思い出になるんだろうなぁ……

今よーちゃんは光月師匠の家に住んでるけど、そこも私の家から近い。よーちゃんは前《ぜん》座《ざ》のお仕事で朝から出席しない日もあるけれど、一時間目から出る時はこうして登校前に迎えに行く事にしている。

今日は久しぶりのお出迎え。正直よーちゃんはしっかりしていて寝坊する事はない。よーちゃんからもわざわざ来なくていいよと言われているけど、できるだけ行く事にしている。

一番近い女子というポジションをキープするため。今は前座《ぜんざ》という立場だけど、その内にファンの女の子が近づいてくるかもしれない。そう泥棒猫が……

「○○○○！」

そうこうしている内によーちゃんが出てくるみたい。誰かと言い争いをしているのかなあ？　光月師匠と言い争いするわけないし……

「よーちゃ……」

「だーかーらー。留守番してろって」

「いーやーじゃー」

玄関の戸を開けて私の目に入ったのはよーちゃんと、Tシャツ一枚でよーちゃんともつれ合う見慣れない娘《こ》。ボーイッシュではあるけれども可愛《かわい》い声。女の子だ。

「泥棒猫……」

ワナワナ震えながらその娘を指差し、つい口走ってしまった。

3

「なーんだ、光月師匠の新しいお弟子さんだったの」

学校への道すがら、みつきにハチの事を説明した。もちろん魔王という事は省いて。

「妹《いもうと》弟子《でし》の割には偉そうじゃない？　あ、よーちゃん優しいからあまり厳しくできないんだ？」

「いや、そういうわけじゃ……」

「でも初めての一門の後輩だね。どんな娘なの？　久しぶりに光月師匠が弟子に取ったって事は才能あるのかな？」

「才能は……どうだろ。まだ落語も何もできないからね」

「ふーん。よーちゃんの方はどうなの？　最近の調子は？」

「最近は……まぁ相変わらずだよ……。学校寄席《よせ》なんかでは楽しくできてるし……」

「そっか……あ、ハチちゃんは寄席《よせ》にいつ入るの？」

みつきは昔から僕の事を知っているから、答えづらい事はあまり深掘りしてこない。話を変えてくれて正直助かった。幼馴染で唯一落語を知っている彼女の存在はありがたい。

「とりあえず今日の夜席《よるせき》で挨拶だけさせてって師匠に言われてる」

本格的な修行はもう少し先になるけど、楽屋の雰囲気を一日でも早く味わわせたらという事だった。楽屋の雰囲気を学ぶ前に、この世界の常識をもう少し身につけてほしいと思ったけど、師匠の方針なら仕方ない。不安でしょうがないけれど……

無事に学校で授業を終えて、これから夜席《よるせき》へ行く。いつもは学校から直行するけど、今日は一度ハチを迎えに帰る。

「おお、ヨタ。帰ったか」

ウロウロされたりしても困るので、ハチにはテレビゲームを与えていた。マ魔王さんも言っていたけれど、異世界にはこの世界で捨てられた物がちょこちょこ流れてくるらしい。なので、僕が生まれる前くらいの昔の古いゲームは向こうでやった事があるとの事だ。昔のゲーム機は持っていないので最新のハードをやらせたら、そのクオリティの差に驚いていた。これまでは勇者が魔王を退治するよくあるRPGが好きだったらしいけど、魔王がそれやるのか……？

学校から帰ってくるまでコレで遊んでいてとFPS系のゲームを渡したら本当にずっとやっていたようだ。得点を見たら僕よりいい点じゃないか。一日ですぐ慣れたのか？

「ホラ、寄席《よせ》に行くぞ」

「なんじゃ？　ヨセって。それよりまたハイスコアを出せそうなのじゃ」

「寄席《よせ》は修行の場だよ。僕ら前座《ぜんざ》が毎日行くの。早くしないと僕が遅刻しちゃうじゃないか……帰りにたい焼き買ってやるから」

「タイヤキ？　美味《うま》いのか？」

「タイ……わかるか？　魚の形をしていて、中にアンコがぎっしりだ」

「アンコ！　食べたい！　じゃあ行く！」

目を輝かせてゲームをやめるハチ。こいつの扱い方がわかってきた。

「早くー、早く行こうヨタ！」

逆に僕を急《せ》かすハチ。単純な奴《やつ》。しかし不安だ。頼むから変な事しないでくれよ……

◯

「おおー、これがヨセかー。なんか旗とか飾ってあるのじゃ」

「それは旗じゃなくて幟《のぼり》ね。トリの師匠の名前の幟を飾って目立たせるんだよ。さ、入るぞ」

今日の寄席《よせ》は浅草演芸《あさくさえんげい》ホールだ。最近は地方からだけでなく外国からの観光客でも賑《にぎ》わっている。寄席《よせ》のスタッフさんに挨拶をして、ハチと一緒に楽屋口から入る。

「おー猫ちゃんじゃ。ワシは猫ちゃんは好きじゃぞ。にゃーにゃーにゃー。ははっ、こんにちはって言ってるのじゃ」

楽屋へと続く廊下で、浅草演芸ホールで飼っている名物猫のチロリと話しているハチ。

本当に話せるのか……？

楽屋へ向かうとちょうど昼席《ひるせき》が終わり、夜席《よるせき》が始まるまでの休憩時間。高座袖《こうざ》では昼席《ひるせき》の前座《ぜんざ》が慌ただしく片付けをしたりしている。楽屋へ挨拶に入るとちょうど昼席《ひるせき》のトリの花太郎《はなたろう》師匠がお茶を飲んでいた。

「おはようございます」

「おう、ヨタおはよう。ん？　後ろのは見慣れない顔だな。新弟子か？」

「は、はい、えーとですね……」

僕が挨拶をすると、花太郎師匠はハチに気付いて聞いてくる。なんて紹介しようかまごついていると、ハチが僕を押し除《の》けてスッと前へ出た。

「ワシか？　ワシは魔王！　八代目カオスムーンじゃ！」

「……は？」

ハチが高らかに宣言する。寄席《よせ》の楽屋に静寂が訪れる。花太郎師匠の他、楽屋にいた他の前座《ぜんざ》もポカーンとしていた。ハチだけがドヤ顔をしている。ハチはもしかしてこの名乗りを気に入ってるのか……？

「はっはっはっ、魔王か。そりゃいいな。面白い娘《こ》だ」

冗談の通じる師匠でよかった。花太郎師匠はひとしきり笑った後に僕に近づくと耳元で

……

「今日だけだぞ」

低い声でボソッと言った。コレだから楽屋は怖い。面白くて笑ったのではなく、最初だけだと見逃してくれたのだ。

「ウケたじゃろ？」

そんな事とは露知らず、名乗りが決まったとご満悦な表情のハチ。

「あ、あの。師匠、光月《こうげつ》のところに入りました八子《はちこ》です。今日は挨拶と見学にだけ来させていただきました。修行は来週くらいから本格的に……」

兄弟子《あにでし》として僕が代わりに紹介する。ハチに喋《しゃべ》らせると碌《ろく》な事がなさそうだ。

「へぇ、オメェがヨタでこの娘《こ》がハチか。落語だねぇ。ハチはどこの出《で》なんだ？」

まずい、ハチの出身を聞かれた。本当の事を言う訳にいかず言《い》い淀《よど》んでいると……

「魔界じゃ」

「マカイ？」

ハチが答えてしまい、また花太郎師匠がポカンとする。黙っていてほしいのにぃ。

「え、えっと、ハチは帰国子女なんです。マカイっていう南国の島国でして……」

「そんな国あったかな。おっといけねぇ、そろそろ行かなきゃ」

納得したのかどうかわからないが、楽屋を出る花太郎師匠。昼席《ひるせき》の前座《ぜんざ》が下駄《げた》箱から花太郎師匠の靴を出す。まだ優しい師匠でよかった。これがあの怖い楽三《らくざ》師匠だったらと思うと背筋が凍る。本格的な修行が始まる前になんとか行儀作法を教え込まなくては……

「おい、ハチ。気を付けろよ」

「何にじゃ?」

ダメだ。全く危機感がない……

それからはハチが何か言い出しそうになったら止めての繰り返しで、気が気じゃなかった。楽屋で師匠方に気を配らなくてはいけないので、ハチだけに気を使ってはいられない。しかし目を離すとすぐどこかへ行ってしまう。

「いいか、僕はちょっとこれ書かなきゃいけないから、そこで大人しくしていろよ」

「えー、ってそれはなんなのじゃ?」

「これはネタ帳だよ。寄席《よせ》では前座《ぜんざ》がこのネタ帳に前の演者がどんなネタをやったのかを書くんだ。開演からずっといるお客さんもいるから、次に上がる演者はネタ帳を見て被《かぶ》らないネタを選ばなくちゃいけない」

「ふーん、めんどくさいのじゃ」

ハチは自分で聞いておいて退屈そうにしていた。僕はそんなハチを放ってネタ帳を書く事に集中する。

「よし、書けた……ってハチがいない？　集中してたから気付かなかった……」

——ドンドコドンドコドコドコ——

なんかやけに太鼓の音が激しい。次の出囃子《でばやし》はもっと静かな叩《たた》き方なはず。

「この太鼓の音、まさか……」

嫌な予感がしたので出囃子部屋へ行ってみる。浅草の出囃子部屋は楽屋直結の新宿とは違い、楽屋から少し離れた場所にある。行ってみると案の定ハチが太鼓を叩く前座《ぜんざ》のバチを奪い、メチャクチャに叩いていた。

「兄《あに》さーん。この娘がバチを返してくれなくて……」

「ワシの方が上手《うま》いじゃろう？　おー、ヨタ。これ面白いのじゃ」

前座《ぜんざ》の後輩が涙目で訴える横で、ハチはいかにも楽しそうだ。

「ダメだよハチ。お前に太鼓は早い……というかメチャクチャに叩くんじゃない」

で、ハチから太鼓のバチを奪い、お囃子さんに平謝りした。ハチは全く反省していない様子で、それからも前座《ぜんざ》仕事をしながらハチの手綱を握るのが大変だったが、なんとか大しくじりにまではならず夜席《よるせき》は終わった。

「いやぁ、楽しかったな！」

帰り道でハチが気楽に笑いながら言う。こっちは気が重いよ……

「いいか、楽屋は修行の場なんだ。楽屋修行で精神を鍛える事が落語に活《い》きるの」

「そうなのか？　てっきりゼンザもみんなでラクゴ喋ってシュギョーする場所だと思ってたのじゃ。お茶出したり、着物を着せたりとか、そんなんでラクゴが上手くなるのか？」

「うーん……袖で落語を聞きつつ、楽屋での気遣い、師匠方への気遣いがお客さんへの気遣いになって、落語に活きるんだよ」

「そうかのぅ。あ、そうじゃ！　いいからタイヤキ食べさせろー」

「わかったよ、約束だしね。でもそんな事だと今に大きなしくじりに繋《つな》がるからな」

どうやったら真面目に修行してくれるだろうか……

4

あれから五日。今日はハチが改めて前座《ぜんざ》見習いとして浅草の楽屋に入る日だ。間違いがないように、午前中はハチに楽屋での礼儀作法を教える。

挨拶を欠かさない事、敬語を使う事、嘘《うそ》をつかない事、など。常識のようではあるが、これらが修行では大前提だ。ましてや常識のない魔王にはなおさら叩き込まなくちゃいけない。

「いいか、初めて会う師匠には僕が紹介して挨拶をするからってハチ……ちゃんと聞いてくれよー」

「ぶー、めんどくさいのぅ」

「ハチ、ヨタの教えを聞きなさい」

僕の注意にハチが口を尖《とが》らせていると、師匠が一言声をかけてからハチをスッと見つめる。いつものように口元は笑っているけれど、瞳の奥が笑っていない……気がする。

「わ、わかった。シショーが言うなら……」

「うん、いいね」

師匠に言われて渋々折れるハチと、それを見て元の優しい瞳に戻る師匠。

師匠が怒鳴ったり直接的な怒りで指導する事はない。言う事を聞かないと冷たい瞳で見つめるだけ。ただその瞳の迫力に気圧《けお》されて言う事を聞かなきゃという気持ちになる。変に怒鳴られるより、そちらの方がよっぽど怖い。

またハチも先日師匠の『死神』を見てから、師匠の言う事だけはちゃんと聞く。異世界の魔王すら従える師匠の落語はやはりすごい。僕の言う事はあまり聞いてくれないけれど。

なんとか最低限……本当に最低限の礼儀作法をハチに教え込んだ。

先日は挨拶と見学だけだったが、今日からハチは前座《ぜんざ》見習いとして楽屋に入り、楽屋仕事を学んでいく事になる。

「ほら、ハチ。これから浅草へ行くからな」

「おお。この前行ったアサクサか。美味《おい》しそうなモノが沢山ありそうじゃったな」

「食べに行くんじゃないの。修行が始まるんだ。師匠、行ってまいります」

「うん、行ってらっしゃい。ちゃんと教えてあげてね」

師匠に見送られて浅草へ向かう。とはいえ今日は土曜日で学校が休みなので夜席《よるせき》までは時間がある。早めに浅草へ行って、ハチの着物を揃《そろ》える予定だ。お金は師匠からいただいている。ハチは身長が１５０センチ程と小さいので、僕や師匠のお古では丈が合わない。

「いらっしゃい。光月師匠から話は聞いてるよ」

師匠行きつけの着物屋さんに入ると、店長さんが愛想《あいそ》よく笑って迎えてくれた。

僕も何度か着物を仕立ててもらった事がある。店内に飾ってある着物をハチが物珍しそうに物色している。

「う――――んと……あ！　あれがいいぞ！」

着物を見渡したハチが指差して選んだのは時代劇の殿様や侍が着るような、いわゆる裃《かみしも》だった。貸衣装なんかもやってるから展示してあるんだろう。

「ダメだよ、あんなの着てる前座《ぜんざ》なんかいないよ。コントじゃないんだから。前座《ぜんざ》はお茶出しとかで汚れるから地味なのがいいんだよ」

「いやじゃ、いやじゃ！　アレがいい！　カッコいいではないか」

「だーめ、こっちの紺色のにしなさい」

口を尖らせて不貞腐《ふてくさ》れるハチに、前座《ぜんざ》らしい地味な紺色の着物を試着させる。ハチはまだ自分で帯を巻けないので僕が巻いてやる。ハチも見た目は可愛《かわい》い女の子だ。こんなに密着すると少し恥ずかしいというか……

「ヨター、くすぐったいのじゃ」

「が、我慢しろ。僕だって恥ずかしいんだから！」

「なんの話じゃ？」

思わず変な事を口走ってしまった。なんか着物屋さんや周りのお客さんも生温かい目で僕を見守っている。それからは無心でハチの着付けをした。

「ほら、似合ってるじゃないか」

「そ、そうか？」

「そうだよ。深い紺色がなんていうか……魔王っぽいかな」

「おお！　ヨタが褒めてくれたし、これにするのじゃ！」

なんの気無しに言った一言でハチは喜んでくれたみたいだ。一着目の着物には思い入れも強くなるしね。

〇

「ヨタぁ。お腹《なか》空いたー」

確かに時間は午後一時を過ぎていた。健啖家《けんたんか》のハチはもちろん、僕もお腹が空いてきた。

「じゃあお蕎麦《そば》でも食べるか」

「そば？　側《そば》？　近いのか？」

「そういうんじゃなくて……。細長い麺だけどパスタでもなくて……」

そういえばまだ蕎麦を食べさせていなかった。落語家といえば蕎麦は欠かせない。

寄席《よせ》の後によく師匠や兄《あに》さんからご馳走《ちそう》になる。蕎麦を食べる落語は多く、仕草の稽古も兼ねてよく蕎麦を食べる。一番蕎麦を食べる職業は落語家なんじゃないかとたまに思う。

「まぁ百聞は一見に如《し》かずだ。食べに行こうか」

「わーい」

食べ物で釣ればハチは素直に言う事を聞く。本当に食い意地の張った奴《やつ》だ。

寄席《よせ》の後の打ち上げで師匠方に食事を勧められる事も多いので、沢山食べられる事はそういう時に活きる事もあるけれど……

「ほら、ここだよ」

ハチを連れて行ったのは浅草演芸《あさくさえんげい》ホールのすぐ近く、芸人御用達《ごようたし》で最近では観光客でも賑《にぎ》わう『あきな蕎麦』だ。店長さんが好きなアイドルの名前から店名をつけたらしい。

「へいらっしゃい！」

「いらっしゃいませ〜」

ねじり鉢巻をしていかにも江戸っ子の店長が威勢よく、エプロンを着けて糸目でおっとりしたおカミさんが朗らかに迎えてくれる。店長が蕎麦を作っておカミさんが運ぶ二人体制で営業している。僕らが席につくと、おカミさんが注文を聞きに来てくれた。

「ご注文は？」

「僕は冷やしたぬきで。ハチは何が食べたい？」

「う――――ん……たぬきとかキツネとか動物を食べるのか？」

まぁ異世界の魔王に蕎麦の種類はわからないか。たぬき蕎麦にたぬきは入ってないし、キツネ蕎麦にキツネは入ってない。ついでにウグイスパンにウグイスは入ってない。

「じゃあ僕と同じのにするか？」

「それも癪《しゃく》じゃなぁ。あ！　アンコソバとかないのか？」

「バカ、そんなものあるわけないだろ。ねぇおカミさん」

「あります」

「ほら、ありますって……あります？」

もちろんないと思って振ったら、おカミさんから思わぬ返事がきた。

「あんこ……ですよ？」

「あります。あんことお蕎麦って結構合うんですよ」

知らなかった……。確かに蕎麦饅頭《まんじゅう》とかあるもんな。お蕎麦屋さんにぜんざいとかは付き物だし。試した事はないけど意外とイケるのかもしれない。

「じゃ、じゃあ冷やしたぬき一つとあんこ蕎麦一つで」

「アンコ大盛りで頼むぞ！」

僕の注文にハチが付け足す。周りを見渡すと、観光客の外国人の方々があんこ蕎麦を食べていた。蕎麦の上にちょこんとアイスクリームのシングルサイズ程度のあんこが乗っている。このくらいならアリかもしれないけど、あんこ大盛りだとどれくらいなんだろう？

「お待ちどう様～」

「うわぁ～お。美味そう～」

目の前に出されたあんこ蕎麦（あんこ大盛り）に目を輝かせるハチ。

想像以上だった。大盛りのあんこは蕎麦のどんぶりを覆い尽くし、中の蕎麦が見えない程だった。言われないとこれが蕎麦だとわからないだろう。

「いっただーきまーすなのじゃ！」

「……いただきます」

この一週間教え込んでハチは最低限の挨拶はするようになった。特に食べる前の挨拶は飛び抜けて威勢がいい。

「な、なんじゃコレは？　アンコが美味《うま》いぞ！　この世界に来て何度かアンコを食べたがコレはまた別格じゃ。このソバ？　に絡《から》み合《あ》うとまた風味が変わり美味い！」

あんこ蕎麦をみるみる内に啜《すす》っていくハチ。テレビの食レポみたいに蕎麦を褒めるハチ。いま気が付いたけど、ハチは意外と箸の使い方も蕎麦の啜り方も上手《うま》い。あちらの世界でも食べる時は箸を使うらしい。教える事が減るのは助かる。

「美味かった！　お代わり！　アンコ特盛で！」

「まぁ、いい食べっぷりだこと～。アンタ～、特盛追加よ～」

「へい、喜んで。美味しそうに食べてもらえて嬉《うれ》しいねぇ」

ペロッと平らげてお代わりをするハチを見て喜ぶあきな蕎麦の夫妻。僕は逆に食欲がなくなってきた……

「お待ちどう様～」

「うわぁぁぁぁぁお！」

特盛は更に凄《すご》かった。先ほどの何倍ものあんこが雪崩を起こすか起こさないかのギリギリのバランスで聳《そび》え立《た》っている。コレは蕎麦の付け合わせにあんこがあるのではなく、あんこの付け合わせに蕎麦があるようなものだ。それを見て更に目を輝かせたハチは怒濤《どとう》の勢いであんこ（たまに蕎麦）を啜り始めた。

「お代わり！　特盛で！」

三杯目のお代わりをするハチ。ハチの気持ちいい食べっぷりに、周りの外国人が集まり始めて写真を撮ったりしている。

よくメニューを見たら、あんこ蕎麦特盛は三千五百円と書いてある。師匠からは着物代のお釣りで何か食べなと言われていたけど、流石《さすが》にあんこ蕎麦特盛の三杯分は残ってない。コレは僕が出さなきゃいけないのか……。これだけ盛り上がっていると、そろそろ行こうとも言えないでいた。

「あれ、ヨタじゃん？」

そんな時に入ってきたのが、先日のホールでもご一緒した二ツ目《ふたつめ》の勘太兄《かんたあに》さんだった。前座《ぜんざ》の事を可愛がってくれる気前のいい兄《あに》さんだ。

「あ、おはようございます」

「寄席《よせ》に入る前に蕎麦か。あ、そっちは前にホールで見学してた娘《こ》だよね。やっぱり弟子入り志願者だったんだ。変わった娘が入って来たって楽屋で噂《うわさ》になってるよ」

ハチは先週の挨拶の様子が少し噂になっているらしい。勘太兄《あに》さんに見られているのを気にせず、ハチは一心不乱にあんこ蕎麦を啜っている。

「気持ちいい食べっぷりだねぇ。よし、ここは俺に奢《おご》らせてくれよ」

「いや、そんなわけには」

落語界では一日でも後に入った後輩には先輩がご馳走する習慣がある。特にこの兄《あに》さんは気前がいいので、よく後輩にご馳走している。だけど今日この場は……

「おカミさん、ここのテーブルのお会計は俺が払うから。いくら?」

「え～と、あんこ蕎麦特盛三杯、大盛り一杯、冷やしたぬき一杯で……一万三千百円ですね～」

「なん……だと……?」

兄《あに》さんが某死神バトル漫画の様な反応をしている。まさかお蕎麦屋さんで後輩二人にこんなにかかるとは思わなかっただろう。

「あの、兄《あに》さん、やっぱりここは……」

「いや、いい。江戸っ子が一度言った事を引っ込められるかってんだ。奢るよォ！」

気前のいい江戸っ子の兄《あに》さん（群馬出身）は全額払って店を出ていった。心なしか肩を落としていたような。というか兄《あに》さんも蕎麦を食べに来たはずなのに何も食べずに行ってしまった。

「あー、美味かった」

呑気《のんき》に言っているハチ。兄《あに》さんに次会ったらハチにちゃんとお礼させよう……

○

あきな蕎麦を出てから、帯や足袋《たび》などの小物を揃《そろ》えに浅草を歩く。向こうの世界と比べて珍しいであろう街並みに、ハチはご機嫌だ。

「ヨター、こっちこっちー！」

何か見つけたのか、ハチが僕の手を握って走り出す。

「ハチ！　手……」

「なんじゃー？」

女の子と手を繋《つな》ぐなんて小さい頃以来だ。見た目だけは可愛い女の子のハチと手を繋いで歩いていると、デートの様で不意にドキッとしてしまった。

5

買い物は一通り済んで、時計を見たら十五時半。夜席《よるせき》の開演は十六時半だけど、前座《ぜんざ》は早めに入って準備をしなくちゃいけない。何より今日はハチが前座《ぜんざ》見習いとして初めて楽屋に入る日だ。

まだ散策し足りなそうなハチを連れて浅草演芸ホールへ向かう。ハチが何かやらかさないかとこちらが緊張してきた……

「この子は今日から楽屋入りする妹弟子《いもうとでし》の八子《はちこ》。ほらハチも挨拶」

「うむ、カオ……浮乃家《うきのや》八子じゃ。よしなに」

今日の夜席《よるせき》では僕が一番香盤《こうばん》が上の前座《ぜんざ》――たて前座《ぜんざ》だ。後輩の前座《ぜんざ》にハチを紹介するも、まだ偉そうだな。カオス……って言いかけてたし。よしなに……って丁寧だけど女王様かお前は。

「噂は聞いてるよ。よろしくね、魔王のハチちゃん」

楽屋に先に入っていた楽三《らくざ》師匠の弟子で、僕の前座《ぜんざ》としての後輩であるきら星《ぼし》が答える。先週ハチが魔王と名乗った挨拶は前座《ぜんざ》間でも噂になってたようだ。

「お、女か？　女のラクゴカもいるのじゃなー」

「最近増えてきてるのよ。まだ男性に比べたら少ないけどね」

きら星はハチを抜かせば今日唯一の女子前座《ぜんざ》だ。楽三師匠は見た目も中身もおっかない師匠だけど、弟子のきら星は可愛《かわい》い女の子。なぜ楽三師匠にこんな可愛い子が？　とはよく言われている。僕も少し疑問だ。真面目で優しいので、ハチと仲良くしてほしい。迷惑かけたらごめんね……

着物の着方は家でも何度か教えたけど、今日は女同士という事できら星に付いてもらう。僕だとちょっと身体《からだ》に触り辛《づら》い。ハチは気にしてなさそうだけど僕が気にする。

「どうじゃー、カッコいいじゃろ！」

「うん、可愛いよ、ハチちゃん」

「可愛いじゃなくてカッコいいのじゃ……」

きら星に着物を着せてもらい見せびらかしているハチ。自分の着物がよほど嬉しいのか。でも前座《ぜんざ》が両手を腰に当ててふんぞり返るな。まぁ紺色の着物は魔王の衣装と色も似通っていて意外と似合っていた。

○

「まずはお茶の淹《い》れ方を教えるぞ。この急須にお茶っ葉とお湯を入れて少し蒸らす、一気に入れずに三回くらいに分けて丁寧に……こうだ。やってみて」

「うむ、任せるのじゃ」

お茶汲《く》みは前座《ぜんざ》として最初に覚えなくてはいけない仕事だ。楽屋にやってきた師匠、兄《あに》さん方が気持ちよく高座《こうざ》に上がれるように気持ちを込めてお茶を淹れる。それぞれ好みも違うので、それもちゃんと把握する。百人芸人がいたら百通りのお茶の好みがある。

「ヨタ、できたぞ」

「あ、うん」

物思いに耽《ふけ》っていたら、ハチがお茶を淹れる所をよく見てなかった。一応見た目は綺麗《きれい》に淹れられている……かな。一口飲んでみる。

「うん……ん？　あ、甘っ！　何これ？」

「ん？　味が足りんと思って、そこにあったサトウを溶かしてみた。どうじゃ、甘くて美味いじゃろう」

極稀《まれ》に師匠方がコーヒーを飲まれる時のためにミルクと角砂糖の用意はあるが、その砂糖を緑茶に溶かしたようだ。熱いお茶が好きな師匠、ぬるめが好き、濃いめが好きと好みは様々だけど、楽屋のお茶で甘いお茶は聞いた事がない。特に甘党なハチは角砂糖をいくつも溶かしたようだ。高座《こうざ》前にこんなのを飲んだら喉に悪い。

「と、とにかくお茶は普通に淹れるように。甘いのはダメ」

「ワシは甘いの大好きじゃ」

「ハチが好きでも他の人もそうだと思っちゃダメ。みんな好みがあるんだから」

「ぶー。美味《おい》しいのに」

口を尖《とが》らせるハチ。こいつの味覚も矯正しなくちゃいけないのか……？

○

「いいか、僕が手本を見せるから。その通りに座布団《ざぶとん》を返すんだぞ」

「うむ」

前座《ぜんざ》の仕事としてお茶汲みと同じくらいに大事なのが高座《こうざ》返しだ。前の出番の師匠の落語が終わったら、前座《ぜんざ》が高座《こうざ》へ行って座布団を返し、戻ってくる。前の師匠の温《ぬく》もりを残さず、次の師匠が気持ちよく高座《こうざ》に上がれる様にする気遣いだ。

あくまで速やかに、かつ丁寧に。客席に埃《ほこり》が飛ばない様にスッと返す。

「見てたか？　今みたいな感じでやるんだぞ」

「なんじゃ、簡単そうじゃな」

次の師匠が高座《こうざ》から降りてきたので、座布団を返すためにハチを高座《こうざ》へ向かわせる。

すると見慣れない前座《ぜんざ》を見た客席の落語ファンの女性陣が沸き立つ。

「何あの子。女の子だ。かわいー」

「新しい前座《ぜんざ》さんかな」

ヒソヒソと話していたようだ。その様子に気付いたハチが……

「ん？　おお、新しいゼンザの八子じゃ」

客席に向かって腕組みをして自己紹介をし始めた。変にウケてしまう客席。

「おーい、こっちは落語が見たいんだ。前座《ぜんざ》は引っ込めー」

もちろんウケているだけではなく、不愉快に思ったお客さんがハチに言った。

「なんじゃと！　魔王に向かって引っ込めとはなんじゃ！」

するとハチは顔を真っ赤にして客に言い返してしまった。まずい、もう下げないと。最初はウケていた客席が凍りつきつつある。

「なんなのかなぁ。アレは」

次の出番の師匠がその様子を見て言った。口は笑っているが目が笑っていない。

「す、すいません。すぐに下げますんで！」

僕が慌ててハチを引《ひ》き摺《ず》り下ろす。別の前座《ぜんざ》が座布団を返す。客席は静まり返っていて、そのままの空気で次の師匠が上がった。ハチは何故《なぜ》か満足げな表情をしている。

「バカっ！　何をしてるんだよ」

「ぶー、笑っておったし、楽しそうにしてたのじゃ」

「前座《ぜんざ》が高座《こうざ》返しでウケる必要はないの。それにウケたのも最初だけだ。次の師匠が気持ちよく高座《こうざ》に上がれる様にするのが前座《ぜんざ》の仕事なんだから」

「だって、だってー」

駄々をこねるハチ。すると高座《こうざ》では、上がった師匠が先ほどの事に触れていた。

『えー、今の前座《ぜんざ》さんは今日初めて楽屋に入ったそうで。浮かれてやっちゃったんでしょうね。私も初めての頃は客席から手を振られて振り返したりした事もあります。きっとあの子も大物になるでしょうから顔と名前だけでも覚えてあげてください』

ハチのやった事を枕でフォローしつつ、自分の空気に変えて落語に入っていた。

「ほら、お前がやった事で気を使わせちゃったんだ。後で謝るからな」

「……わかったのじゃ……」

高座《こうざ》の空気を見て察したのか、珍しく素直に頷《うなず》いたハチ。その師匠の高座《こうざ》が終わり、楽屋に戻ってくるなり、ハチと一緒に頭を下げた。

「申し訳ありませんでしたっ。ほら、ハチも」

「……申すわけありません、でした」

「ああ、いいよ。この子ももうやらないだろう。やらないよな？」

笑って許しつつも釘《くぎ》を刺してくる。これが楽屋のいいところであり怖いところだ。

「その子は八子……だっけ？　光月兄《こうげつあに》さんとこの。面白いね。ちゃんと教えてやんな」

そう言って帰っていく師匠。うちの師匠の少し下の後輩で、若い頃に可愛がっていたと聞いた事がある。

「いいか、今あの師匠が言った事は覚えておけよ。優しい師匠だから良かったんだからな！」

「ぶー……でもあのシショーも笑ってたのじゃ！」

「今日は最初だから許してくれたんだよ。いいか、ハチがしくじるとうちの師匠が恥をかくんだから。一度した失敗はもうしないように。今日言われた事は忘れるなよ」

「むー、こんなシュギョーがホントに役に立つのか？　まぁ確かにシショーに恥をかかせたくはないからちゃんとやってやるのじゃ」

それからはハチも少し大人しくなり、比較的マジメに教わっていた。たまに地が出そうになりヒヤッとしたが。夜席《よるせき》のトリの師匠が高座《こうざ》に上がっている間に楽屋の掃除を済ませる。終演後、トリの師匠をお見送りした後は、楽屋を消灯して前座《ぜんざ》も解散。楽屋を出る所で猫のチロリがハチに駆け寄ってきた。

「にゃーにゃー」

「ん？　おお、にゃー。チロリが魔王配下の四天王になってやると言ってるのじゃ」

「ホントかよ……」

ハチがひとしきりチロリを愛《め》でてから寄席《よせ》を出る。一緒に雷 門《かみなりもん》通りを進み、浅草の駅まで向かう。

「どうだった？　楽屋入り初日は？」

「う――――ん。しかしガクヤシュギョーというのは回りくどいのじゃ。ソバを食べるのがソバのラクゴに活《い》きるのはわかるが、お茶を出したり、ザブトンをひっくり返すラクゴがあるのか？」

「そういう事じゃないんだけどね……」

修行が本当に落語に活きるのかは僕にもわからない。前座《ぜんざ》修行をサボっても落語の面白い人は確かにいる。真面目よりも破天荒な方が芸人らしいかもしれない。それでも僕は前《ぜん》座《ざ》修行がどこかで必ず芸に昇華されると信じている。

「あー、思えば向こうの世界で勇者の奴《やつ》も山の上から転がってくる岩を斬ったりとか、よくわからんシュギョーして強くなってたのじゃ。んー、でもそれとは違う気がするし……

うーーん？」

ハチがよくわからない事を言い始めた。まぁ完全否定じゃなくて、少しでも修行の意味を考えてくれたらいいか。

「今日うちの師匠は夜遅いみたいだし……なんか食べて帰るか？」

「ホントか？　アレ食べてみたいぞ。テレビで見た、熱々の板で焼いてるヤツ」

「お好み焼きか。確かに師匠の家じゃなかなかやれないし……よし、行くか」

「わーい！」

ハチと浅草のお好み焼き屋へ。またハチがあんこお好み焼きを大量に注文、そしてまた居合わせた勘太兄《かんたあに》さんにご馳走《ちそう》になってしまったというのは別のお話で……

○

師匠宅へ帰り、軽く掃除をしてから、ハチは本宅の物置改めハチの部屋へ、僕は離れの自室へ。

「今日は疲れたなー。疲れたけど……なんかモヤッとするからやっぱり配信はするか。こういう時は配信に限る……っと。我は魔王……落語の魔王……」

ここからは自分だけの時間だ。ハチの世話でモヤッとした気分を解消するため、配信をしようと思う。パソコンの電源を入れてマイク、カメラを繋《つな》げる。配信ソフトを立ち上げてボイスチェンジャーを設定する。

これから僕は陽太《ようた》ではない。ネットの中の落語好きな魔王、ギル亭魔王《ていまおう》だ。落語に出てくる様な陽《よう》の登場人物ではなく、冷たい魔王をイメージしていく。

魔王……ふとハチの顔が浮かんでしまう。あんなチンチクリンではなく、クールで知的な魔王をイメージ……イメージ……

頭の中でピタッと魔王が降りてきた感覚。ネットの接続を確認し、配信ストリームキーを入力する。これで準備は完璧。いつも配信している二十三時半になったので配信開始ボタンを押す。

『愚民ども待たせたな。我は落語の魔王なり』

最初は数名だった視聴者が数分雑談している内に百名を超えた。コメントもどんどん増えていく。

――魔王様だ！――

――待ってました！――

――今日のオススメネタは？――

落語家としては無名だけどネット上ではこれだけのファンがいる……決して陽太のファ

ンではなく魔王のファンなんだけども……。考えるのはやめて質問に答える事にする。

『ふむ今日の気分的にオススメしたいネタは「文七元結《ぶんしちもっとい》」だろうか。正統派の人情噺《にんじょうばなし》であるこのネタを逆に敬遠する者もおるが、やはり王道はいい！　オススメは昭和の名人である……』

「おーい、ヨター」

「あっ！」

配信中にハチが入ってきた。しまった、油断して鍵をかけてなかった。

「お、なんじゃ。画面に出てるのは……魔王か？」

「あ、やめて。とりあえず喋《しゃべ》らないで」

「おー面白い。喋ると画面の中の魔王も口をパクパクさせてるのじゃ」

――アレ、魔王様が誰かと喋ってる？――

――家族バレか？――

――いやいや、魔王様に家族はいないだろう――

ボイスチェンジャーで声は変わっているけど、誰かと喋ってる様子は伝わってしまった。

「なんじゃ、なんじゃ。これで喋るゲームか？　ワーシーが魔王じゃー」

――あれ、別の魔王様？――

——新展開か？——

　ハチがマイクで喋ってしまったのでまたコメントが付いた。こうなったら……

『ハッハッハッ、我とは別の世界の魔王が遊びに来たのだ。我は積もる話がある。始まったばかりだがサラバだー』

　と言って唐突に配信を切った。

「さらばってなんじゃ？　ゲーム終わっちゃったぞ」

「もうー、勝手に入ってくるなよ。これはゲームじゃなくて配信。インターネットで見ている視聴者に向けて喋ってたんだよ。今も百人以上見てたんだから」

「ふーん、色々あるんじゃのう。しかし、さっきのヨタはこの前見たラクゴの時よりも楽しそうだったのじゃ。そんな感じでラクゴをやってみたらいいんじゃないか？」

「前は楽しそうにやれてたんだよ……それに配信はボイスチェンジャーで声を変えてるし……。じゃあ高座《こうざ》でも声を作れってこと？」

「んー、声というか……気持ちを作る……？　さっきのヨタは普段よりも気持ちが入っていたような……？」

　的を射た事を言われてビックリする。声ではなくて気持ちを作る。師匠にもよく言われている事だ。ひょっとして配信で魔王を演じている事が落語に繋がるのか……？

「そういえば、なんで来たんだよ？」

「そうだ！　お腹《なか》すいたのじゃー」

「なんか適当に食べたらいいだろ」

「それで勝手に菓子食べたら怒るじゃろ。お腹空いたのじゃ。いいからなんか作るのじゃー」

さっきアレだけ食べたのに、なんて燃費の悪い奴だ。ハチに夜食を作ってやり、今度こそ部屋に鍵をかける。

ギル亭魔王のファンSNSを覗《のぞ》いたら、魔王二人の配信を楽しみにする書き込みが見られた。ハチに喋らせたら何を言うか怖くて仕方ない。絶対に入れない様にしよう。

「しかし兄弟子《あにでし》なのに全然リスペクトされてないなぁ……」

問題児のハチと出会ってから一日が長い。もう大きなしくじりをしません様に……

だが、そのすぐ後に、一番怖い人を怒らせてしまうのだった……

小噺　寿限無《じゅげむ》の魔王様

今日はシショーが初めてラクゴを教えてくれるというのじゃ。なんじゃろ？　この間の『死神』かな？

「ハチ、今日は『寿限無《じゅげむ》』を教えてあげるね」

「えー、嫌じゃ。『死神』がいいのじゃ」

「あのねハチ、落語には順序があって、前座《ぜんざ》は寄席《よせ》では前座噺《ぜんざばなし》という短くてわかりやすい落語をしなくちゃいけないんだ。ヨタも最初は『寿限無《じゅげむ》』から覚えたんだよ」

「ヨタはどうでもいいのじゃ。『死神』がいい！」

「ハチ……」

「わ、わかったのじゃ……」

シショーは怒鳴ったりしないけど、冷たい目で睨《にら》むのじゃ。マ魔王より怖いかもなのじゃ……

「じゃあ僕が一度やってみせるから……」
そう言って、シショーは聴き心地のいいジュゲムを見せてくれたのじゃ。
「じゃあさっき教えた寿限無《じゅげむ》の名前はどこまで覚えられたかな？」
「全部覚えたのじゃ！　寿限無寿限無《じゅげむじゅげむ》、五劫《ごこう》の擦《す》り切《き》れ、海砂利水魚《かいじゃりすいぎょ》の水行末雲来末風《すいぎょうまつうんらいまつふう》来末《らいまつ》、食《く》う寝《ね》るところに住《す》むところ、やぶらこうじのぶらこうじ、パイポパイポパイポの
シューリンガン、シューリンガンのグーリンダイ、グーリンダイのポンポコピーのポンポ
コナーの長久命《ちょうきゅうめい》の長助《ちょうすけ》……なのじゃ」
「……驚いた。一回で覚えたんだね」
「なんか歌みたいで覚えやすかったのじゃ」
「それでも一回でとは大したものだ。僕でも何回かはかかった。落語はリズムなんて言う
けど、ハチはリズム感がいいのかな。歌の調子で覚えられるんなら他のセリフも覚えが早
いかもね。じゃあ繰り返しやってみようか」
『あーん、あんまり名前が長いからコブが引っ込んじゃった』
「うん、よく覚えたね。噺《はなし》全体も一日で全部覚えちゃうとは大したものだ」
「へへへ、そしたら『死神』教えてくれるのじゃ？」

「それはまだまだ先だよ。まだ落語を覚えたばかりだ。焦《あせ》らずゆっくりね。それじゃあ休憩にしようか。コーヒー買ってきてもらえる？　地図を渡すから、ここでホットコーヒーを買ってきて。ハチも好きなの買っていいから」

「わーい、甘いのがあると嬉《うれ》しいのじゃ！」

「甘いのはフラッペかな。はい、お金。じゃあ行ってらっしゃい」

シショーからお使いを頼まれたのじゃ。これでいい所を見せて、早く『死神』を教えてもらうのじゃ。

○

「ここじゃな……」

コーヒー屋に着いたら扉が自動で開く。何度見ても魔法のようで驚くのじゃ。

「いらっしゃいませー。何にいたしましょうか？」

「えーと、ほっとこーひーなのじゃ」

「はい、ホットですね……こちらになります」

「アチチ……あ、あとワシもじゃ。甘い、えっと、ふ、ふらぺ……」

「フラッペでしょうか？」

「それじゃ、甘いやつ！　二つくらいくれ！」

「フラッペ、フラッペ……こちらで売り切れになりました。加糖か無糖かはどうされますか？」

「なんじゃ？」

「加糖は甘いシロップが入ります。甘くいたしますか？」

「じゃあ加糖じゃ！」

「かしこまりました、加糖じゃ……コホン、加糖でございますね」

「メモしながらワシの口調がうつってるのじゃ。ん？　前にヨタと稽古した時にこんな事あったような……」

「失礼しました。他にチョコチップ、ホイップクリーム、バニラシロップ、キャラメルシロップ、ブラウンシュガーなどのトッピングがございますが、どれになさいますか？」

「なんじゃ？　わからんが甘いなら全部付けてくれ」

「はい、全部トッピングですね。それぞれダブルでトッピングもできますが、いかがいたしましょうか？」

「んー、わからんからやってくれなのじゃ」

「かしこまりました。それではご注文はフラッペフラッペ、チョコチップチョコチップ、ホイップクリームホイップクリームのバニラシロップバニラシロップ、キャラメルシロップキャラメルシロップのブラウンシュガーブラウンシュガーフラッペですね。最近のおすすめでエブリシングバッドザベーグルセサミシーズニングブレンドもございますが」

「な、なんじゃ？　よくわからんが付けるのじゃ」

「ご注文繰り返します。フラッペフラッペ、チョコチップチョコチップ、ホイップクリームホイップクリームのバニラシロップバニラシロップ、キャラメルシロップキャラメルシロップのブラウンシュガーブラウンシュガーフラッペにエブリシングバッドザベーグルセサミシーズニングブレンドトッピングですね」

「わ、わかられん。寿限無《じゅげむ》より難しいのをよく言えるのじゃ……」

〇

こっちの世界での買い物は大変なのじゃ。でもこーひーは美味《おい》しそうだから早く帰って飲みたいのじゃ。

「帰ったのじゃシショー。はい、ほっとこーひー」

「ありがとう、ハチ。あれ？　これ冷めてるよ」

「あー、あんまりこーひーの名前が長いから、とっくに冷めちゃったのじゃ」

春風亭吉好の落語解説

その弐 寄席とは

落語家のホームグラウンドであり、基本的に一年中休みなく興行が開催されている常設の小屋を『寄席《よせ》』または『定席《じょうせき》』と呼びます。

寄席では落語だけでなく、講談、浪曲、大神楽、漫才、マジックなど、様々な演芸が楽しめます。

ここでは作者が所属する落語芸術協会が関わる主な寄席を紹介します。

新宿末廣亭（東京都新宿区新宿3-6-12）

奇数月の上席（一日～十日）と下席（二十一日～三十日）、偶数月の中席（十一日～二十日）に落語芸術協会が興行する。

浅草演芸ホール（東京都台東区浅草1-43-12）

偶数月の上席（一日～十日）と下席（二十一日～三十日）、奇数月の中席（十一日～二十日）に落語芸術協会が興行する。

池袋演芸場（東京都豊島区西池袋1-23-1）

奇数月の上席（一日～十日）、偶数月の中席（十一日～二十日）に落語芸術協会が興行する。

上野広小路亭（東京都台東区上野1-20-10）

毎月一日～十五日に落語芸術協会が昼席のみ興行する。

※通常興行の他に、各月の三十一日には『余一会』と呼ばれる特別興行が開催される。

第三章　阿修羅《あしゅら》と魔王様

1

「ハチ、今日は初高座《こうざ》だ。前座《ぜんざ》は、特に初高座《こうざ》なんか変にウケを狙わずに教わった通りにやればいいんだからな。頑張れよ」

「フッフッフ、ついにこの日が来たのじゃ！」

ハチが楽屋修行を始めてから二ヶ月ほどが経《た》った。前座《ぜんざ》は一年間休まず寄席《よせ》に通わなくてはならないので、僕もハチも毎日寄席《よせ》通いだ。八月から学校は夏休みとなり、その分は楽になった。

そして今日は新宿《しんじゅく》末廣亭《すえひろてい》の夜席《よるせき》でハチの初高座《こうざ》の日だ。ハチ以上に僕の方が緊張してしまい、朝から気が気じゃない。

前座《ぜんざ》は開演時間前に高座《こうざ》へ上がらせてもらえる。あくまで修行の一環なので入場料金には入らないという事だ。お客さんがある程度入ったら寄席《よせ》の受付である木戸《きど》から合図があり、それから二ツ目《ふたつめ》の兄《あに》さんの出番までの繋《つな》ぎとして上げてもらえる。なので高座《こうざ》時間も日によって変わる。誰が高座《こうざ》に上がるかもその日いる前座《ぜんざ》でローテーションして決める。ハチと一緒に楽屋に入る。少し後から後輩の前座《ぜんざ》が次々と楽屋入りしてくる。

「兄《あに》さん、おはようございます」

そう言ったのは三楽亭《さんらくてい》きら星《ぼし》。清楚《せいそ》なお嬢様って感じで、ハチとは正反対だ。

「あ、兄《あに》さん。髪に何か付いてますよ」

「あ……ありがとう……」

きら星が僕の髪に付いていた埃《ほこり》を取ってくれた。普段身だしなみに気を使ってるつもりだったけど、ハチの初高座《こうざ》に緊張してそこまで気が回らなかったんだな。きら星と不意に距離が近付きドキドキする。きら星は楽屋でも隠れファンが多い。こういう女の子らしい子はどうしたって人気が出る。

「ハチちゃんは今日が初高座《こうざ》なのよね？」

「そうじゃ！　きら星もとくと見るのじゃ！」

そして夜席《よるせき》の開演の時間が近付いてきた。

ハチが師匠に教わった噺《はなし》はまず『寿限無《じゅげむ》』、そしてつい先日『饅頭怖い《まんじゅうこわ》』を教わっていた。昼席《ひるせき》で『寿限無《じゅげむ》』が出ていたので、ハチは『饅頭怖い《まんじゅうこわ》』をやるしかない。一日通しで見ているお客さんもいるので、一度出ている噺《はなし》はその日はできないのが寄席《よせ》のルールだ。

「うむ、それでは行ってくるぞ」

高座《こうざ》直前に偉そうに腕組みしながら言うハチ。

「どうだ？　緊張してるか？　僕も子供の時にやってたとはいえ、本職になってからの初高座《こうざ》は流石《さすが》に緊張したけど……」

「ぜーんぜん。ワクワクしてるのじゃ！」

流石は魔王、緊張はしていないようだ。

ハチの落語がどんな出来なのか、それは僕も知らない。落語に関しては最近知ったばかりのにわかだ。かと言って落語が下手……とは限らない。意外と落語を知らない、まっさらな方が面白い場合もある。子供の頃から落語を知っている僕からしたら、そういうのは悔しいけれど。

お囃子《はやし》さんが三味線を弾《ひ》き、前座《ぜんざ》が太鼓を叩《たた》く。それを合図に幕が開き、ハチが高座《こうざ》へ上がっていく。僕はその様子を袖から覗《のぞ》く。ますますこちらが緊張してきた。授業参観の時の親はこんな気分だったんだろうか。

「兄《あに》さんも妹《いもうと》弟子《でし》の初高座《こうざ》は緊張しますか？」

「ホント緊張しまくりだよ……。変な事言い出さないかな。セリフ飛んじゃったりとか……やらかさないように……」

「ハチちゃんは堂々としてますから大丈夫ですよ！」

ハラハラしている僕をきら星が笑顔でフォローしてくれた。

今日は土曜日で、客席は一階席が八割方埋まっている結構な入り。ハチが上がると、前座《ぜんざ》とはいえそこそこの拍手があった。中には前々から光月《こうげつ》一門を応援してくれているファンの方々の拍手も。今日が初高座《こうざ》と知っていたわけではないだろうけど、周りよりも大きめの拍手をしていた。

そうしてハチが座布団《ざぶとん》に座る。最初は難儀していた正座も大分慣れてきたみたいだ。スッとお辞儀をする。魔王として頭を下げる事なんてなかっただろう。まだぎこちないけど、コレは僕が徹底的に教えた。落語は教えられないが、お辞儀なら教えられる。

頭を上げたハチは客席を見渡し、ニカッと笑った。

「あいつ……」

「ハチちゃん、余裕ありますね」

その瞬間に、袖で見ていた僕ときら星は驚いた。

初めての高座《こうざ》で客席を見渡す、更には笑うなんて僕にはできない。前座《ぜんざ》が笑う事の是非はともかく、初高座《こうざ》で笑う余裕なんてない。間違えず喋《しゃべ》る事でいっぱいいっぱいで、終わった後も記憶すらなかった。子供の時に人前で落語をした経験のある僕でもそうだった。

初高座《こうざ》でまず微笑《ほほえ》んでみせる胆力。流石は魔王か……と改めて感心した。そしてハチが口を開く。

『ハチじゃ！……あっ八子《はちこ》じゃ……八子と言えと言われたんじゃ……じゃなくて八子です！……と言えと言われたんじゃ……です……あー、めんどくさい。ハチじゃ！』

……一言目でやらかした……

まずは名前だけはちゃんと丁寧に言うようにと教えていたけれど、慣れない敬語がかえって喋る邪魔になってるんだ。終わったか……と思ったけれど……

「ハッハッハッ」

客席から大きな笑いが起きた。名乗りでとちるハチがウケたんだ。

『うむ』

その様子を見て微笑み、頷《うなず》くハチ。だいぶ落ち着いて見える。

『十人寄れば気は十色《といろ》なんて言うようじゃが……』

ハチのいつもの口調が混ざってしまってる。いっそ言いやすい様に喋った方がいいかもしれない。なんとか最後までやり通してくれよ……

『俺は蛇が怖いぃ』

『蛇なんてどこが怖い』

『あれを見てると飲みこまれちゃうんじゃないかって』

この『饅頭怖い《まんじゅうこわ》』の前半は、長屋に集まった若い衆《わかしゅう》がそれぞれ怖い物を語り合う。ハチは覚えたセリフをそのままに語っているけれども……

「ハチちゃんの落語、なんだか漫画みたいですね」

「うん、とても軽い」

隣で僕と一緒に見ていたきら星が興味深い事を言った。ハチの落語は凄《すご》くコミカルだ。表情がコロコロ変わり、リアクションも漫画チック。

有名だし、寄席《よせ》でよく前座《ぜんざ》がかける噺《はなし》だから、お客さんの殆《ほとん》どは流れを知っているはず。だけどハチの如何《いか》にも面白そうな掛け合いに、お客さんが釣られてクスクス笑い出す。前座《ぜんざ》で、ましてや初高座《こうざ》でこれだけ反応があるのはあまりない。僕もできなかった。

「この子は初高座《こうざ》だっけ？」

ハチの次に上がる二ツ目《ふたつめ》の吉丸兄《きちまるあに》さんが着替えを終えて、二階の楽屋から降りてきた。恰幅《かっぷく》のいい兄《あに》さんで、だからこそ着物姿が様になる。

ふと楽屋の時計を見ると、兄《あに》さんの上がり時間まであと一分ほど。ハチの『饅頭怖い《まんじゅうこわ》』はまだ中程で、サゲまであと五分以上はある。前座《ぜんざ》は噺《はなし》の途中でも時間がきたら終わって、次に渡さなくてはいけない。ハチには太鼓が鳴ったらキリのいい所で降りてこいと言ってある。

「すいません！　そろそろ太鼓を叩いて終わらせますんで」

「まぁ初高座《こうざ》なら仕方ないけど……」

そうは言うものの不満顔の兄《あに》さん。それはそうだ。自分の高座《こうざ》時間が減るのだから。

「うちの妹《いもうと》弟子《でし》がすいません」

高座《こうざ》から降りてきたら厳しく言わないと。高座《こうざ》を見るとハチは『饅頭怖い《まんじゅうこわ》』の後半に差し掛かっていた。

この『饅頭怖い《まんじゅうこわ》』の後半は、饅頭が好きな主人公が、饅頭怖いと偽って寝込む……フリをする。周りの連中が怖がらせてやろうと枕元に饅頭を差し入れて、それを主人公が『怖い、怖い』と言いながら美味《おい》しそうに食べる……という流れだ。

饅頭を如何に美味しそうに食べるかが噺《はなし》の見せ場だけど、ハチはどんな感じでやるのか……？

『マンジュウーこーわーいーよー』

先程までも大袈裟《おおげさ》な仕草をしてコミカルだったハチの表現がより際立《きわだ》っていた。

怖いと言いながら饅頭を手に取る、そして口に運ぶまでの仕草が本当に嬉《うれ》しそうだ。

『はむっ……はむっ……怖い、こわいよー』

目を輝かせながら饅頭を頬張る仕草。一流食レポ芸人や大食いタレントを見ているような美味しそうな表情。そういえば前に浅草で蕎麦《そば》を食べた時の感想もそれっぽかったな。僕も思わずゴクリと喉が鳴る。お客さんも前のめりでハチの高座《こうざ》を見始めて、大きな笑いが起きる。

『栗《くり》マンジュウだー、うーまーいーよー……じゃなかった。こーわーいよー』

あいつ素で間違えて美味《うま》いって言ったな……。好きな饅頭を食べてるもんだから。

客席はそれに気付いたかわからないけど、より大きな笑いが起きていた。

『お前本当は何が怖いんだ？』

『今度はあつーいお茶が怖い』

最後まで大きい笑いが起こったままハチがサゲを言ってお辞儀をする。ふと時計を見ると兄《あに》さんの持ち時間が残り五分になっていた。

「あ、兄《あに》さんすいません！」

「大丈夫、大丈夫。じゃ、お願いしまーす」

兄《あに》さんはそう言って高座《こうざ》へ上がっていった。代わりに降りてきたハチ。

「おい、ハチ。時間は守れって言っただろう。後の人の時間が減っちゃうんだから。前座《ぜんざ》は特に時間を守らないと」

「なんじゃ、ウケてたから良いではないか。前に見たヨタなんかよりよっぽどウケたぞ」

こいつ……初高座《こうざ》で笑いがきたもんだから調子に乗ってるな。

確かにハチの落語はウケていた。でも前座《ぜんざ》の仕事はウケを取るだけじゃない。ちゃんと時間を守り、後に気持ちよく出番を渡さなくてはならない。

「初高座《こうざ》でウケたのは凄い。でもそれだけじゃダメなんだ」

「なんじゃ、なんじゃ。ウケが全てじゃろ」

「前座《ぜんざ》はそれだけじゃないんだよ！」

「ワシがウケたから悔しいんじゃろ！」

ハチが地団駄を踏む。でもここで甘やかしちゃいけない。最低限のルールは早めに教えないと……

『先程の前座《ぜんざ》さん、八子ちゃんは見事な食べっぷりでした。今日が初めての高座《こうざ》ですって。僕もあんな感じでよく食べます。だから身体《からだ》もこんなに大きくなって……』

兄《あに》さんの高座《こうざ》を聞くと、ハチの事に触れて上手《うま》く空気を整えてくれている。

寄席《よせ》はリレーの様なもので、前座《ぜんざ》が作った空気を二ツ目《ふたつめ》の兄《あに》さんがより良い空気にして次の真打《しんうち》や色物さんへ渡す。それをまた次へ……とトリまで空気のバトンリレーだ。

今日はハチが最初に空気を作った。これが兄《あに》さんからまた次へと渡っていく。

『それでは立ち上がりまして寄席《よせ》の踊りを一つ……』

兄《あに》さんは時間がないので、少しだけ漫談してから踊ると言う。

寄席《よせ》では落語を一席語った後に、寄席《よせ》の踊りをされる師匠、兄《あに》さんも珍しくない。

『かっぽれかっぽれ、ア、チョイトナ』

踊りの時はお囃子《はやし》さんが三味線を弾いて唄う。それに合わせて前座《ぜんざ》が太鼓を叩く。今回は兄《あに》さんへのせめてもの罪滅ぼしで僕が叩く。

踊り終わった兄《あに》さんがお辞儀をして高座《こうざ》から降りてくる。代わりに次の漫才の先生が高《こう》座《ざ》に上がる。ハチが長くやったから持ち時間が短くなってしまったのに、きっちり空気を整えて次に渡す。兄《あに》さんは最高の仕事をしてくれた。これだから寄席《よせ》は好きなんだ。

「兄《あに》さん、お時間本当にすいません！　ほら、ハチも」

「うー……ごめんなさい……です」

「いいんだよ。時間短くて楽できちゃったしね。それにしても初高座《こうざ》であんなにウケるなんて凄いねぇ」

そう言って二階の楽屋へ上がる兄《あに》さん。次はないようにしないと。

「ほら、ウケたって褒められたのじゃ！」

「ウケるだけじゃダメなんだって。前座《ぜんざ》が主役じゃないんだから最低限の空気を作って、何より時間は守らなきゃ！」

「ヨタがそんな小難しい事を考えてる内に、ワシは人気者になってやるのじゃ！」

「そういう話じゃないんだよ。いつか大きなしくじりをしちゃうぞ……」

ダメだ。今は僕の言葉がハチには全く響かない……

2

ハチの初高座《こうざ》から一週間が経《た》った。ハチの落語の評判は楽屋でも少し広まった。ただ前《ぜん》座《ざ》は落語以上に楽屋仕事を評価される。そちらは不安が大きかったが、楽屋でハチは意外と上手くやっていた。失敗をしないというわけじゃない。どちらかというと失敗だらけでヒヤヒヤものなのだが、ハチのキャラクターで許されている。

「熱っ！　誰だ、このお茶淹《い》れたのは？」

「ワシ……ワタシじゃ……です」

「おう、ハチか。これじゃあ熱すぎるヨォ」

「ん？　茶《ちゃ》ん太《た》シショーは怖い顔してるから熱いの好きなのかと……です」

「こわ……ハッハッハッ。なんだその偏見は。言うねぇ。でもオイラは意外とぬるめが好きなのよ」

「意外じゃな……です」

「おう、ギャップがあっていいだろう」

「よくないぞ……です」

「ハッハッハッ、いいねぇ」

こんな具合だ。こんな態度は普通だったらNGだ。僕がやったら確実にしくじってる。だけどハチは完全に天然でやってるからか、見た目に愛嬌《あいきょう》があるからか、師匠方にフランクに話しても許されている。一応無理やり敬語を使おうとはしてるけど……ハチだから許される。ハチがやるから可愛《かわい》い。同じ事をやっても真逆になってしまうであろう僕は、悔しくもあり羨ましくもあった。

茶ん太師匠にはだいぶ気に入られたらしく、僕がうちの師匠の独演会のお供で寄席《よせ》を留守にした日にご馳走《ちそう》になったようだ。食べ過ぎなかっただろうな……

でも茶ん太師匠の一門は大ノセ――よく食べる一門だ。師匠の家、落語会の打ち上げでもとにかく沢山食べさせてくれる。前に僕が打ち上げに同席した時は、食べきれない程の食事が出てギブアップした程だ。

「おう、ハッチャン。昨日は楽しかったなぁ」

「お、茶ん太シショー。うむ、あのゼンザイというのは美味いのぅ」

「だよなぁ。おう、ヨタ。この子はよく食うねぇ。あんまり食べっぷりが気持ちいいもんだから、店の甘味が品切れになるまでご馳走しちゃったよ」

「茶ん太シショー。また連れてってなのじゃ」

「おう」

「うちの妹《いもうと》弟子《でし》がお世話になります……」

いつの間にか茶ん太師匠からハッチャン呼びされてるし、ハチからは更にフランクな話し方になっていた。ハチの食べっぷりで随分とハマった——気に入られたらしい。

「いくら仲がいいからって調子に乗りすぎじゃないか？」

「茶ん太シショーも喜んでるからいいじゃないか。むしろヨタは愛想《あいそ》が足りないのじゃ。だからファンが少ないんじゃないか？」

楽屋で好かれてるだけじゃない。ハチは寄席《よせ》で初高座《こうざ》を終えたばかりなのに、なんとファンも付いていた。

「ワシのファンの事を魔王軍と呼ぶ事にしたのじゃ！」

魔王軍というネーミングはともかく……落語ファンの間でハチを推す声がある。初高座《こうざ》で目にした落語ファンの一部から、新しい前座《ぜんざ》が可愛いと噂《うわさ》になったのだ。確かに見た目だけはいいからな。可愛い前座《ぜんざ》といえばきら星《ほし》もそうだけど、いかにも美少女なきら星は男性ファンが多い。片やハチはボーイッシュな可愛さで女性ファンも多いようだ。

「ハチちゃーん。お菓子あげるわねん」

「おお、でかした。おばちゃん」

「でかしたですって。まぁ、可愛い。応援するわね」

楽屋を出たところで落語ファンのおばさんにお菓子をもらうハチ。だいぶ可愛がってもらってるみたいだ。癖になるから餌付けはやめてほしい。

「あ、ヨタくん。ねーねー、写真いい？」

「ええ、僕でよければ！　自撮りモードで撮ればいいですか？」

この女性はよく師匠の独演会に通っている方だ。弟子の僕の事も気にかけてくれて、落語会後に声をかけてくれる。僕とツーショットを撮りたいだなんて……

「じゃあこれ。ハッチャンとの写真撮ってね」

……僕と写真を撮りたいんじゃなくて、僕に写真を撮ってもらいたいという事だった。よりによってハチとの写真を。とはいえ断る理由はないので撮ってあげる。

「ヨタ……。フッフーン。どうじゃ、こうしてファンを増やして、こちらの世界でも一大魔王軍を作るのじゃ！」

女性が去った後に自慢げに鼻で笑うハチ。落語ファンで魔王軍作ってどうするんだよ……。ハチが余計調子に乗り、僕を下に見ている気がする。なんとかしなくては……

そう、ハチはまだ僕の事を兄《あに》さんと呼んでくれない。師匠方にはぎこちない敬語を使っているが、僕には敬語ですらない。

「ハチ、いい加減、僕の事は兄《あに》さんと呼んでくれよ」

「いーやーじゃ。ヨタはヨタじゃ」

「もう何にも教えてやらないぞ」

「それも嫌じゃ。ガクヤ仕事をしないとシショーがラクゴを教えてくれなくなる」

「それじゃあ兄《あに》さんと呼んでくれよ」

「それとこれとは話が別じゃ」

「せめてもうちょっとちゃんとしてくれよ。今に大変な事になるぞ」

「大丈夫じゃー。ヨタに教わったのを、ワシのやり方で上手くやってるのじゃ」

「だーかーら、ハチのやり方で通用するのは優しい師匠達だけで……」

「魔王のワシに怖いもんなんかないのじゃ。ヨタのやり方は堅っ苦しいのじゃ」

この調子だ。最終的に僕が根負けして舐《な》められながら指導する事になる。

高座《こうざ》も上手くいって、楽屋でも気に入られている。僕の言う事はちっとも聞かない。ハチの為《ため》に言ってあげているのに。僕はハチみたいな大きな笑いは取れないし、ああいう感じに可愛がられる事もないから、ハチの態度を全否定もできずモヤモヤする。

ハチは一見上手くやっている。でも楽屋は優しい師匠達ばかりじゃない。もちろん怖い師匠もいる。そう、今日代演で顔付けされているあの師匠だ……

3

「ハチ、今日はトリの師匠が代演だからな」

「ダイエンってなんじゃ？」

寄席《よせ》の番組は基本的に前もって組まれるが、寄席《よせ》以外の仕事が入った場合などは別の演者が代演で入る事になる。今席では比較的穏やかな師匠方が番組に顔付けされていて、ハチも目立ったしくじりはなかった。

ただ今日はトリに顔付けされていた師匠が地方の独演会でお休み。代わりに顔付けされたのが三楽亭楽三《さんらくていらくざ》師匠だ。うちの師匠の同期で仲が良い……と言えるのかよくわからない間柄だけど、よく二人会もしている。

現代の落語家の中で、うちの師匠と並び、東京の四天王の一人とされている。

うちの師匠が『仏の光月《こうげつ》』と呼ばれるのに対して『阿修羅《あしゅら》の楽三《らくざ》』と呼ばれる。

阿修羅の異名は見た目の厳《いか》つさ、そして芸風、楽屋内での怖さからピッタリだ。

今日は楽三師匠が楽屋に来るので他の前座《ぜんざ》も少しピリついている。弟子のきら星がいるのがせめてもの救いだ。楽三師匠は彼女にお任せしたい。

今日初めて会うハチが何かしくじらなきゃいいけど……

「そろそろ来るぞ……」

「ん？　何が来るのじゃ？」

新宿では夜席《よるせき》のトリが上がる時間が二十時。その三十分前に楽屋の戸を強めにガラッと開けて入ってきたのは……

「おぅ、少し遅れちまったなぁ。おい、きらぁ、着物出しとけや」

背は180センチ近く、肩幅の広い大柄、直前まで吸ってたであろうキツいタバコの匂いを漂わせ、濃いサングラスをかけた厳つい顔。

落語界の阿修羅——三楽亭楽三師匠だった。

楽三師匠が持っていたカバンを弟子のきら星が受け取り、中から着物の包まれた風呂敷《ふろしき》を出す。傍《はた》から見たらまさに美女と野獣だ。もちろんそんな事を口に出して言えるはずもなく、僕を含めた他の前座《ぜんざ》はその動向を黙って見守っている。意外な事にハチも押し黙っていた。

「お、おい。ヨタ」

「何？」

「あ、あのシショーのプレッシャーはなんじゃ？　向こうの世界のドラゴンやオークキングでも感じた事ないぞ。ワシですら滅多に会わない伝説級のモンスターのような……」

魔王にそこまで言わせる楽三師匠の存在感はいったい……

「ん？　なんだぁ？　そこのチッケェのは？」

楽三師匠がハチに気付き、声をかけてきた。初めて会う師匠にはまず紹介しなくちゃいけない。

「は、はい。うちの師匠、光月のところに入りました八子《はちこ》です。ほら、ハチ」

「小さいとはなんじゃ！　ワシはまお……」

「ハチっ」

「あ…ハチ……子ですじゃ」

ハチが変な事を言いそうだったので制する。この師匠には逆らっちゃいけない。

「へぇ、オメェが月《つき》んところの……。随分イキがいいじゃねぇか」

楽三師匠はうちの師匠の事を師匠の前座《ぜんざ》の時の名前――月太《つきた》を縮めて月《つき》と呼ぶ。昔馴《むかしな》染《じみ》の新弟子をサングラスの奥から品定めするように見る楽三師匠。

「しかし今日は夜になっても蒸し蒸しすんなぁ。おう、八子……いや、ハチィ。お茶ァ」

「ん、は、はいですじゃ」

割とラフな洋服で楽屋へ来る師匠が多いが、楽三師匠は常に襟付きのスーツとシャツだ。それが余計にその筋の人っぽく見えちゃうけど。

ネクタイを緩め、ハンカチで額の汗を拭いた楽三師匠が強めの口調で言うと、ハチはお茶を淹《い》れるために流し場へ行った。楽屋へやって来た師匠にお茶を出すのがその日一番下の前座《ぜんざ》——今日ならハチの仕事だ。お茶は基本的に急須でお茶っ葉から熱いお茶を淹れるのだが……

「お、お茶ですじゃ……です」

「うん……熱《あち》ィ。もっぺん淹れろ」

「へ？」

「へじゃねぇ。早く！」

「は、はいですじゃ！」

楽三師匠は淹れてもらったお茶をハチに突き返した。お茶はその師匠ごとに好みが違う。特に楽三師匠はその時の気分によって変わる。これが難しい。弟子のきら星は心得ているし、僕も時間はかかったが見極める事ができた。ハチは気付けるか……

「お茶ですじゃ……」

「濃いィ。淹れ直し！」

「な、なんで何度も何度も！」

「へぇ、このチンチクリンは生意気なだけでまともなお茶も淹れられないのかィ？」

「ムッキー、チンチクリンとはなんじゃ！　お茶くらい淹れられるのじゃ！」

ハチが五回目のやり直しをさせられている。大分溜《た》まっているみたいだけど、チンチクリンと馬鹿にされて意地になったみたいだ。

「ハチちゃん可哀想《かわいそう》ですね。私がやりましょうか？」

「いや、お茶汲《く》みは前座《ぜんざ》にとって大事な仕事の一つ。その時々で臨機応変に対応しなきゃいけないって事に自分で気付かないと」

きら星が助け舟を出そうとしてくれたのを制した。まぁアドバイスくらいはいいか。そしてそれは兄弟子《あにでし》の仕事だ。

「ハチ。今まで前座《ぜんざ》修行をなぁなぁでやってきたからこんな事になるんだぞ」

「なんじゃとー！」

流しでお茶を淹れ直すハチに声をかけると、流石《さすが》に殺気立っていた。

「いいからよく聞け。確かに楽屋では基本的には熱いお茶を出すけど、今日は夜になっても暑い。そして楽三師匠は外から来たばかりで汗を拭いていた。そんな時に熱いお茶は?」

「……飲みたくない。じゃあ冷たいお茶か」

「いや、それだとスッと飲んじゃうから高座《こうざ》前に飲みすぎちゃうかもしれない。楽三師匠はトリで高座《こうざ》時間も長いからあまり飲みすぎるのもよくない」

「そしたら熱くなくて、冷たくもない、ぬるめのお茶か! あ、あんまり濃いと喉に引っかかってしまうかもしれんから、程々の濃さが良いかもしれないな!」

「よく考えたじゃないか。じゃあもう一回お茶を淹れてごらん」

ちょっとヒントを出しすぎたかもしれないけど、自分で気付いてくれたようだ。いま気付いた事を意識してお茶を淹れ直すハチ。

「お茶……ですじゃ」

「ん……まぁ、こんなモンだろ」

楽三師匠がようやくお茶を認めてくれてハチが戻ってくる。

「良かったな、飲んでもらえて」

「良かったじゃないのじゃ。なんであんな何回も! こんなに言われたのは初めてなのじゃ!」

「今までの師匠が優しかっただけだよ。相手が望む気遣いをする事、それが高座《こうざ》に活《い》きるんだ」

「お茶を出す事がラクゴにどう関係すると言うのじゃ。あのシショーのラクゴだってきっと大した事ないのじゃ」

まだ納得いかない様子のハチ。でも高座《こうざ》を見ればわかるはず。うちの師匠と並ぶ四天王の凄《すご》さが。

「おぅ、きら。着替えるぞ」

ハチのお茶を初めて飲み干した楽三師匠は、着物に着替える為にきら星《ぼし》に仕度をさせる。きら星は僕とハチだけに見えるようにウインクした。弟子から見ても楽三師匠のご機嫌は良くなったようだ。僕はほっと一息つく。きら星が着物を着付けて楽三師匠は着替える。

「おぅ、行ってくるぞ」

「ご苦労様です」

出囃子《でばやし》が鳴り、楽三師匠が高座《こうざ》に上がる。ガタイが良い楽三師匠は座布団《ざぶとん》に座っているだけで迫力がある。

『いやぁ、今日は暑いねぇ。こんな日は冷たーいビールをガッと飲みたいねぇ。もう高座《こうざ》降りて飲み行きてぇや。もう落語も散々聞いて飽きただろう。どうだい？　みんなで飲みに行かねぇかい？』

楽三《らくざ》師匠だからこそ許される言葉に、客席からドッと笑い声が起こる。本当にこの師匠なら客が『飲もう』と言ったら、そのまま高座《こうざ》を降りて飲みに行きかねない雰囲気がある。最初の一言で自身のキャラクターをわからせて、その世界に取り込んだ。もうこうなると何を言っても面白い。自分や身内の酒に関する体験談でドッカンドッカン笑いを取っていく。

楽三師匠は酒、博打《ばくち》、女遊びと芸人の道楽全てを嗜《たしな》む、まさに絵に描いた様な昔ながらの芸人だ。逆にうちの師匠はそのどれもあまり好まない。今で言うなら草食系。

もちろん遊んだから必ず芸に活きるわけじゃない、逆に落語ひと筋のうちの師匠の芸に敵《かな》う人も殆《ほとん》どいない。でも楽三師匠はその遊びを芸にそのままフィードバックしている。酒なら酒、博打なら博打の表現が実にリアルなんだ。

『まずは一杯目飲ませていただきます。ゴクッ……ゴクッ……ゴクッ……ゴクッ……ふぅ……一杯飲んだ』

『おお、これは見事な飲みっぷりで』

酒の漫談、小噺《こばなし》の後に楽三師匠がかけたネタは『試《ため》し酒《ざけ》』。

一升入る杯を手に入れた旦那が、友人の酒好きな従者に五杯飲めるか賭けをするという噺《はなし》だ。繰り返し飲むので、お酒を飲む仕草が重要になってくる。楽三師匠の酒を飲む仕草はうちの師匠でも敵わないと言う。お酒を飲んだ事がない僕ですら美味《おい》しそうに見える。ましてや客席の酒飲みの大人達はもっとそう感じるんだろう。

ハチの高座《こうざ》で饅頭《まんじゅう》を食べている時も上手《うま》いと感じたが、流石にそれとは比較にならない上手さだ。客席全体がハチの時の何倍も酒を飲む仕草を食い入るように見る。

「おおー！」

「上手いー！」

一杯飲み終わったところで客席から大きな拍手。落語の最中でも言い立てが見事だったり、仕草が上手かったりすると拍手がくる事がある。今回は楽三師匠の飲みっぷりに見入って拍手が起きていた。常連さんも、初めてっぽいお客さんも、殆どのお客さんが拍手をしている。ここまでの拍手はあまり見た事がない。

「ヨタ……このシショー……凄いのじゃ」

「そう、うちの師匠は凄いんだから」

悔しい気持ちはありつつ、楽三師匠の高座《こうざ》に見惚《みと》れるハチと、師匠を褒められて胸を張るきら星。楽三師匠の高座《こうざ》を見たら誰も文句は言えない。誰が見ても魅力的な高座《こうざ》だ。

『ウィッく……この間ね、田舎の妙な酒飲んだらケツが痛くなりまして……後で聞いたら地酒だそうで、じーざーけ。ケツだけに。ハッハッハッ。ウィッ。二杯飲んだ』

また少しずつ酔っていく表情、セリフが実にリアルだ。もちろん今はシラフなのにどう見ても酔ってるように見える。そして酔いが進むとともに表情や間が変わっていって、噺《はなし》に起伏ができる。酔いと共に客席の笑いは大きくなっていった。

『貴方《あなた》さっきお酒の飲める薬か何か飲んできたんじゃないんですか？』

『そんな事は……しません。旦那が言う通り飲めるかわからなかったので、角の酒屋で試しに、五升飲んできた』

楽三師匠がサゲを言うと、客席から大きな笑いと拍手。それと共に、きら星が終演の合図である追い出し太鼓を叩《たた》き、幕が閉まる。

「ヨタ、あのシショー凄い、凄いのが……なんか悔しいのじゃ！」

先ほど絞られた師匠の圧巻の高座《こうざ》を見て、ハチは悔しかったのか憤《いきどお》っていた。

「うちの師匠のライバルと呼ばれる師匠だよ。タイプは違うけれど間違いなく名人だ。ハチは関係ないって言うけれど、楽屋でお茶を出す時に好みを気遣う気持ちが、その日の客席の雰囲気を気遣う事に、お客さんを楽しませる事に繋《つな》がるんだよ」

受け売りではあるけれども間違いはないはずだ。キチンと修行をして楽屋で気遣いができる師匠は、お客さんにも気遣いができて空気を作るのが上手い。

「だってヨタ……。ワシはラクゴとガクヤシュギョーなんて関係ないって思ってたのに……！」

「うちの師匠も楽三師匠もちゃんと修行してきたんだ。だからちょっとウケただけのハチの何十倍も凄い高座《こうざ》ができるんだ。お前みたいに適当な修行してたらいつまでもチンチクリンのまんまだぞ」

「なんじゃと！」

ハチは痛いところを突かれたからか、僕に詰め寄ってくる。

「おい、ハチ、危ないって！」

僕に向かって下も見ずに詰め寄ったハチ。その時……

パキッ──

何かが砕ける音がした。ハチの足元は、楽三師匠の荷物があった所。

「イテテ……ん？　足の下に何か……」

そこには壊れたサングラスが──

僕はもちろん、きら星、他の前座《ぜんざ》一同が絶句し、楽屋が凍りついた……

4

楽三師匠が高座《こうざ》から降りてきて楽屋へ戻る。

「お疲れ様でした」

「おう……ん？」

前座《ぜんざ》の挨拶に応えるも、様子がおかしい事に気が付いた楽三師匠。楽三師匠が楽屋にいる時は大体空気がピリつくが、それにしても重い雰囲気だと察したようだ。

「きら、どうしたぃ？」

「え、ええと……ですね」

きら星が聞かれて言い淀《いよど》み、目を泳がせ「どうしましょう？」と僕に視線を送る。

僕もどう切り出すかと迷っていたら、先に楽三師匠が気が付いた。

「ありゃ。俺の大事なサングラスが壊れてるなァ……誰だ？」

誰も何も言う事ができずにただ黙りこくる一同。

「芸人にはイメージってもんがある。このサングラスは俺の普段のイメージを形作る魂の欠片《かけら》みてェなもんだ。それを壊したのは……」

楽三師匠は楽屋の前座《ぜんざ》全員を見回し、挙動不審なハチに目を付けた。

「オメェかッ？」

「ヒィッ！」

楽三師匠に凄まれて流石に震えるハチ。魔王が震える伝説モンスター級の睨《にら》みだ。

「俺の魂を壊して……どうしてくれるゥ？」

入りたての前座《ぜんざ》であるハチが、大看板である楽三師匠の物を壊したとなったら大問題だ。

これを丸く収める為《ため》に僕が取るべき行動は……

「わ、ワシが……」

「申し訳ありませんでしたッ！」

僕はハチが謝ろうとしたのをかき消すように大声で謝り、頭を下げた。

「ふーん……」

頭を上げると、楽三師匠が値踏みするように僕を見ていた。正直怖い。それでも。

「ヨタァ。オメェがやったのかィ？」

「……申し訳ありませんでしたッ！」

「ほーう」

空気が重い。誰も口を挟めないでいる。楽三師匠は僕の眼前に顔を持ってきた。

「もう一度聞くぞ。オメェがやったんだなァ？」

「申し訳ありませんでしたッ！」

僕は何を言われてもただ謝罪をした。

「お、おい、ヨタッ。これは……」

「ハチはいいから」

言いかけるハチを制して、僕は楽三師匠の目を真っ直《ます》ぐ見た。

「へっ、ならしょうがねぇなァ。おう、きら。着替えるぞ」

「は、はい」

楽三師匠は鼻で笑い、そっぽを向くと着替え始めた。

ハチは何が起こったかわからず、立ち尽くしている。代わりに僕がお茶を淹《い》れて、着替え終わった楽三師匠の所へ持っていく。高座《こうざ》後の師匠にお茶を出すのも前座《ぜんざ》の仕事だ。

「お疲れ様です」

「おう……ん、美味《うま》いな。流石《さすが》たて前座《ぜんざ》は違うね。このお茶に免じてグラサンはいいや」

「いえ、改めてお詫《わ》びいたします」

「そうかい？　じゃあ勝手にしな」

お茶を飲みながら微笑《ほほえ》む楽三師匠。空いた湯呑《ゆの》みを僕に渡し、立ち上がる。

「それじゃあ、帰るぜ」

「お疲れ様でしたッ」

楽三師匠が楽屋から出るのをきら星《ぼし》が外まで見送りにいった。二人が出て行き、楽屋の戸が閉まると、前座《ぜんざ》一同がはぁ～っと息を吐く。

「怖かったァ」

「ほんと、ほんと」

「ヨタ兄《あに》さん凄《すご》いっすね」

口々に言う他の前座《ぜんざ》達。ハチだけがキョトンとしている。そこにきら星が戻ってきた。

「楽三師匠は？」

「まだ外でタバコを吸ってます」

「そ。アレでよかったかな？」

「ええ。兄《あに》さん……ウチの師匠の取り扱い、完璧です」

「いや、無我夢中だっただけだよ。今度ちゃんと謝らなきゃ」

僕ときら星が談笑していると、ようやくハチがハッとした。

「そ、そうじゃないぞ！」

「どうした？　ハチ」

「だ、だから！　ワシが壊したのをなぜヨタが謝るのじゃ！　おかしいのじゃ！」

「僕がたて前座《ぜんざ》で、兄弟子《あにでし》だから」

「なんじゃそれは？　ワシの失敗はワシのものじゃ！」

「いいんだよ、こっちの方が。今日はね」

「わからん、わからん、わから―ん！　まだそこにいるんじゃな？　行ってくる！」

「お、おい。ハチ！」

僕の制止も聞かず、ハチは楽屋を飛び出していった。

△△△

ヨタの言ってる事はわからんのじゃ。そりゃ庇《かば》ってくれたのは嬉《うれ》しいが……借りを作るのも嫌じゃ。ラクザシショーは勘違いしているから、本当の事を言うのじゃ。

確かまだ近くにいると……いたのじゃ。あそこでタバコを吸っている。

「あ、あのっ！」

「ん……おぅ。ハチか？　オメェも吸うか？」

「い、いらん……じゃなくて、いらんです……じゃなくてっ」

「なんだイ？」

「さっきのはヨタ……兄《あに》さんじゃなくて」

「……わかってるよォ」

「へ？」

「大方オメェがやったんだろ」

「そ、そうじゃ……です。だから、すいませ」

「あー、いい」

ワシが謝ろうとしたらラクザシショーに制された。

「ヨタが謝った。それで話は終わってるんだ」

「で、でも」

「もし入りたての、俺と初めて会った前座《ぜんざ》のオメェが、俺の物を壊したとなったら……オメェは責任取れんのか?」

「えっ……と……」

「入りたての奴《やつ》にやられたとなっちゃ俺は怒らなくちゃいけねぇ。示しがつかねェからな。オメェの師匠、月《つき》ん耳にも入るだろう。入りたてのしくじりだ。クビになるかもしれねェ。ま、アイツはそこまではしないだろうがな」

「あ……」

「だけどたて前座《ぜんざ》で兄弟子《あにでし》のヨタが責任を被《かぶ》るなら話は別だ。普段気を利《き》かせて働いてるアイツがやった事なら、アイツがそう言うんなら……仕方ねェ……ってな」

「ヨタはそこまで……」

「ヨタはオメェを守るのに責任を被った。まぁアイツならそうするとわかってた。俺はその心意気を汲《く》んだ。仮に月の耳に入っても、アイツも話を察するだろう。それで丸く収まった。それでいいじゃねぇか」

「は、はいですじゃ……です」

「いい兄弟子《あにでし》を持ったなぁ。礼を言うならアイツにちゃんと言っておけよ」

そうなのじゃ……ヨタに礼を言わないと……

「ククッ、そういやアイツ、謝っちゃいたが自分がやったとも言ってなかったなァ」

「あ……」

「楽屋で嘘《うそ》はついちゃいけねェ。自分がやったと言ったら嘘になるが、アイツはただ謝っただけ。わかっててやってたらタヌキだが……ま、いいか。それは」

ラクザシショーがタバコを消したところでヨタがこちらへやってきた。

「あ、いた！　すいません、片付けしていて。ハチに失礼はありませんでしたか？」

「なんもねぇよ。ヨタ、オメェいいねェ。月の弟子って事もあるしな。なんか困った事があったら言えよ。じゃあな」

そう言って、ラクザシショーはワシとヨタを見比べて笑うと帰って行ったのじゃ。

5

『うむ、それでは本日の配信は終わりである。また宵闇の中で相まみえようぞ』

いつも一時間以上はしている配信を三十分で切り上げてしまった。今日は色々あって疲れた。もう寝よう。

「阿修羅《あしゅら》……か」

今日の楽屋での楽三師匠を思い出す。楽三師匠の異名である『阿修羅』。

その異名だけだと怖いイメージもあるけれど、その芸人らしい遊びを見事に高座《こうざ》に落とし込んだ豪快な芸、そして筋の通った心の奥にある優しさ。そんな三つの面からついた異名だと……僕は思う。

「あれ、そういえば帰り道でハチはずっとモジモジしていたな」

僕に初めてできた妹弟子《いもうとでし》で魔王。ワガママで子供っぽい、魔王なのに魔法は使えない、甘党で世話のかかるポンコツ。僕には真似《まね》できない愛嬌《あいきょう》がある。少しは素直になってきて可愛《かわい》いところも……。いや、でも言葉遣いは悪いし、態度もまだまだ、ほんとヒヤヒヤするよ……あ、でも今日はそんなハチを守る為に身体《からだ》が勝手に動いたな。そう、僕は兄《あに》弟子《でし》なんだ。妹弟子《いもうとでし》はこれからも守らなきゃ……まだ兄《あに》さんって言ってもらえないけど……ハチの事を考えていたら悶々《もんもん》としてきた。

「もう寝よう……」

部屋の灯《あか》りを消して眠る事にする。布団《ふとん》をパッとめくると……

「ヨタ……」

「うわぁ、ハチぃ？」

ハチが僕の布団の中に潜り込んでいた。

「なななあ、いいいつの間に？」

思わず反応がバグってしまった。普段は生意気な魔王だけど、見た目だけは可愛い女の子が、寝ようと思ったら布団に入っていた。そりゃウブな未成年はバグるってもんで。

「ハイシン中は静かにしろってヨタが言ったから……それで……あの……その……」

「ハチ？」

帰り道からそうだったけど、なんだかモジモジしている。ハチらしくない。

「なんで布団の中に……？」

「前にマ魔王が教えてくれたのじゃ……」

「マ魔王さんが？」

「マ魔王が……ベッドの中だと素直になれるってよく言ってたから……」

マ魔王さん、子供に何を教えているんだっ。

「なっ、なんだよ……」

「うん……ヨタに……言いたい事があるのじゃ……」

モジモジと言うハチ。布団に潜り込んでまで何か言いに来たんだ。

「そっか……。いいよ、言いなよ」

「ヨタ……今日は、ありがとう……」

「……」

「ヨタ？」

感動して絶句してしまった。あのハチが僕にお礼を言っている。

「珍しいな。お前がお礼を言うなんて」

「何かしてもらったらお礼を言うって教えたのはヨタじゃないか」

確かに。楽屋では外の世界以上にお礼の言葉は欠かせない。たとえ飴玉《あめだま》一つでもキチンとお礼を言う事が大事だ。ハチにも口を酸《す》っぱくして言ってきたが……

「でも初めてじゃないか。どうした？」

「うん……ワシがやっちゃった事をワシが謝ればって簡単に思ったけど。でもラクザシシヨーの言葉だと、ヨタはもっと大きな事を考えてるのかなって……気付かされたのじゃ……」

そこまで大きな事は考えてない。ただハチを、妹弟子《いもうとでし》を守りたかっただけだ。

「ヨタを見て、ラクザシショーを見て、シュギョーの意味もあるってわかったのじゃ……。ヨタの事は、今まではなんか情けない奴じゃなぁとか、色々口煩《うるさ》いだけの奴じゃなぁとか思ってたけど……」

「そんな事思ってたのか……」

「で、でも、今日はワシを守ってくれたのじゃ。煩いだけじゃなくて、ワシの事をちゃんと考えてくれてて……だから呼んでもいいかなって……」

「呼んでも……？」

ハチがしばらく黙る。吐息がかかり、妙にくすぐったい。

やがて意を決したハチは口を開き……

「ヨタ……アニ……さん……」

「へ、今なんて……？」

「だから……なんじゃ……」

暗くてよく見えないが、多分頬を染めてモジモジしているハチ。確かに兄《あに》さんって言ったはず。初めて言われた。今まで僕の事は呼び捨てにしかしてこなかったのに。

「ね、ねぇ。もう一回呼んでよ」

「し、知らん。もう呼ばん！　寝るっ」

プイッと向こうを向き、そのまま寝てしまうハチ。ここで寝るのか……

あっという間に寝息を立てるハチ。僕は今日の疲れと、初めて兄《あに》さんと呼ばれた感動、
隣に女の子が寝ているという事実等がないまぜになり、なかなか眠りにつけないでいた。

「ムニャムニャ……ヨター、マンジュウよこせー」

先程とは一転、色気のない寝言を言っているハチ。そしていつの間にか寝ていた僕が翌朝目を覚ますと、ハチはまだ隣で寝ていた。お腹《なか》を出して寝ていたので布団をかけ直してやる。

今更だけど何歳なんだろう。魔王だから何百歳とか？　見た目は中学生くらいか。みつきと同じか下くらいに見える。そうだ、妹だ。妹と思おう。妹弟子《いもうとでし》だし。

ドキドキしてしまった気持ちに蓋をするように、僕はそう思う事にした。

「僕も兄弟子《あにでし》として頑張らないと……」

ハチのお陰で僕も少しずつ変われるかもしれない。

小噺　あるモブ前座《ぜんざ》とお姉様

「あー、遅刻だ遅刻ー」
僕は入門してから二年目の前座《ぜんざ》。決して目立たない所謂《いわゆる》モブキャラだ。でも前座《ぜんざ》だから
それでいいと思っている。ただ今日はうっかり寝過ごして楽屋入りに遅刻しそうだ。普段
目立たないのに、こんな事で目立ちたくはないけれど……
最近新しい後輩ができた。光月《こうげつ》師匠の所に入った八子《はちこ》ちゃん。楽屋入り早々かなり目立
っている。いま男子前座間《ぜんざ》でハチちゃんの人気が急上昇中だ。
でも不動の人気No．1はなんと言ってもきら星姉《ほしねえ》さん。僕もきら星姉さん推しだ。
「あら、おはようございます」
楽屋に入るときら星姉《ねえ》さんが既にいた。後輩の僕は先に入らないといけないのに。姉《ねえ》さ
んが挨拶しただけで背景にお花が見える……気がする。一挙手一投足が可憐《かれん》で、お嬢様っ
て感じだ。
「今日は遅刻ですか。ふふ、気を付けてくださいね……」

遅刻をしても笑って許してくれる。目の奥が笑っていない様に見えるのは気のせいだろう。

『きら星ってたまに距離感近い時があるからドキドキしちゃうよね』

と前に言っていたのはヨタ兄《あに》さんだ。この前、兄《あに》さんが頭のチリを取ってもらってるのを見た時は正直羨ましかった。そして兄《あに》さん以外はそんな事をしてもらった事がない。たまに……ってそんなに何度もされてるのか……。兄《あに》さんは元天才前座《ぜんざ》なんて揶揄《やゆ》されて控えめになってるけど、元でも天才なんて言われるのは勝ち組だ。

きら星姉《ねえ》さんは基本的に優しい、優しい……けれどたまに本当に優しいだけの人なのかな……と思う時もある。

そういえば先日、寄席《よせ》の帰りにたまたまきら星姉《ねえ》さんと一緒になった。駅までの間だけど至福の時間を過ごしていたら、狭い路地でヤンキーらしき人達がたむろしているところに出くわした。姉《ねえ》さんに道を引き返そうと進言したら……

「こういう時は堂々としていればいいんですよ。付いてきてください」

と姉《ねえ》さんはニコニコ笑いながらヤンキーの間を歩いていく。その堂々とした様子に、ヤンキー達も気圧《けお》されて道を空けてくれた。

「ほら、なんともないでしょう？」

ヤンキーをやり過ごした後にそう言う姉《ねえ》さんの顔は本当に恐怖を感じていない様だった。流石《さすが》楽三《らくざ》師匠の弟子だから肝が据わっているというか……

それとも元々ヤンキー慣れしてる……まさかね？

まぁ仮に姉《ねえ》さんが怖い人だったとしても構わない。天使の様な笑顔で悪魔の様に叱られる。それはそれでアリだ。

「ほら、遅刻したんだから、今日は他の人の倍は働いてくださいね♪」

笑顔で怖い事を言う姉《ねえ》さん。でもいつか本当の意味で姉《ねえ》さんを笑顔にしてみたい……なんて。

前座《ぜんざ》の内はロマンスがないからそんな妄想をするしかない。明日からも姉《ねえ》さんに会えるのを楽しみに、前座《ぜんざ》修行を頑張ります。

春風亭吉好の落語解説

その参　寄席の流れ

壱.開演前

開演時間の三十分前に開場の合図である一番太鼓を、開演時間の五分前に開演直前を知らせる二番太鼓を、それぞれ前座が叩く。

弐.前座

開口一番で前座が高座に上がる。落語の前座だけでなく、講談や浪曲の前座も上がる。ネタは『前座噺』と呼ばれる分かりやすい落語に限られる。

参.二ツ目

前座の次に、二ツ目が高座に上がる。このタイミングが昼席／夜席の開演時間となる。以降、様々な落語家が高座に上がっていく。

肆.色物

落語と落語の間に挟まるような形で、大神楽、漫才、マジックなどが行われる。こうした演芸が、俗に『色物』と呼ばれている。

伍.真打

二ツ目と色物の後には、真打が高座に上がる。以降、落語の真打の二席の後に色物が一席、といった割合で番組が進行していく。

陸.仲入り

番組の中間あたりに挟まる休憩時間を『仲入り』と呼ぶ。仲入りの前には、基本的に重鎮レベルの真打が高座に上がる。

漆.ヒザ

仲入り（休憩時間）が終わった後も、番組は続いていく。後述するトリの前に高座に上がる色物を『ヒザ』と呼ぶ。

捌.トリ

昼席／夜席の最後に高座に上がる真打を『トリ』と呼ぶ。持ち時間が他の落語家よりも長く、トリネタと呼ばれる人情噺などの大ネタをかける事もある。

玖.追い出し

トリの高座が終わると、前座が追い出し太鼓を叩き、幕が閉まる。昼席の後は、休憩時間を挟んだ後に、夜席の幕が開く。

第四章　文化祭の魔王様

1

「なぁヨター」

「ハチ、兄《あに》さんって呼んでくれよ。この間は呼んでくれたじゃないか」

「いーやーじゃー。あ、あの時は魔が差したというか……ヨタはヨタで充分じゃ」

「なんだよー。やっと呼んでくれたと思ったのに……また呼ばせるからな……って、もう時間だ。学校に行ってくるから。寄席《よせ》には遅れるなよ」

ハチが僕を兄《あに》さんと呼んだ日から一ヶ月。あれから決して兄《あに》さんと呼んでくれなかったけど、少しだけ言う事を聞いてくれる様になった気がする。まだまだ失敗も多いけど。

「……じゃあこの日でいいね」

「……わかったのじゃ。楽しみなのじゃ♪」

そういえば家で師匠とコソコソ話している事が何回かあったな。新しいネタの稽古の相談だろうか。ハチも真面目に修行する気になったのかな。

今日は夜席《よるせき》の前に、朝から学校だ。できるだけ休まずに学業と両立したい。一時間目の前のHRでは、先生が来る前に今月末の文化祭の出し物について話し合いをしている。うちのクラスの出し物は既にメイド喫茶と決まっていたので、今日はメニューなどを話し合っている。

「はーい、席に戻れー。今日はこんな時期だが転校生を紹介するぞー」

話し合いの最中に先生が入ってきた。転校生……こんな時期に？　僕と同じ様に思ったのか教室がザワザワする。

「ほら、入ってきて自己紹介して」

先生に言われて入ってきたのは……

「うむ、ワシは八代目魔王カオスムーンじゃ！　よしなに！」

ハチが教壇の上で腕組みしながらトンデモ挨拶をした。うちの高校の女子の制服を着ている。な、なんで……？　先生もクラスのみんなもその挨拶にポカーンとしてる。

「ハチっ、なんでここに？」

「お、ヨタ。ガッコウに来てやったぞ！」

「と、とにかく挨拶は楽屋と同じ様に！」

「なんじゃ最初にビビらせてやろうと思ったのに。うむ、ハチじゃ」

「え、えーと彼女は吉田《よしだ》と同じ落語家修行をしていて、一緒に師匠のお宅に住んでいるそうだ。海外暮らしが長い事もあって、しばらく学校へ通ってなかったそうだが、本人の希望でこんな時期だけど通う事になった。色々教えてやってくれ」

気を取り直した先生が補足してくれた。僕は聞いてなかったけど転入の準備をしていたんだな。多分僕に内緒で驚かせようとしたって事？

一時間目はそのままハチの事が気になり、授業の内容も殆《ほとん》ど頭に入らず、気が付くと休み時間だった。

「おーい、ハチ……って囲まれてるな」

休み時間になり、話しかけようとしたら、ハチはクラスメイトに囲まれていた。

「ハチちゃーん、可愛《かわい》いね」

「うむ、そうじゃろ！」

「ハチちゃんも落語家してるの？」

「うむ、してるぞ！」

「好きな食べ物は？」

「アンコじゃ。あったらくれ！」

今回の経緯を聞きたかったんだけどなぁ。ハチはいつの間にか女子何人かからお菓子を食べさせてもらっている。調子に乗るから餌付けはやめてくれ。

○

昼休み、ハチに話しかけようとしたら、ちょうどみつきがやってきた。

「あ、よーちゃん。今日はお弁当作ってきたよ……ってあの子は……」

みつきがハチに気付く。そしてハチもみつきに気付いたようだ。

「お、このチンチクリンは見覚えあるぞ」

「ち、チンチクリンはアンタもでしょー。なんでアンタがここにいるのよー？」

「テンコウしてきたのじゃ」

「え、じゃあ……私の先輩なの？」

「んー、よくわからんが、多分そーなのじゃ」

「よーちゃんと同じクラスなのずるーい。なら私も三年生に転校するぅ」

それは無理だろう。なぜかみつきが悔しがっている。そうだ、ハチに聞かないと。

「ハチ、ちょっと」

「おお、ヨタ。なんか食わせてくれるのか？」

「お菓子はさっきもらってただろう。みつきゴメン、ハチと話があるから！」

「あ、よーちゃん！」

みつきには悪いけど、まずはハチの話を聞かないと。教室だと話し辛《づら》いので、ハチの手を引き教室を出る。

「おい、ヨタ。どこへ行くんじゃ？」

「とりあえず屋上へ行こう」

学園ものラノベだと定番の学校の屋上。うちの高校では穴場で、意外と利用者がいない。扉を開けて屋上に出ると、そのちょっとした広さにハチがはしゃいでいた。

「へー、ガッコウにこんな所があったんじゃな。ヨタはよく来るのか？」

「うん、意外と人が来ないから休み時間に落語の稽古をしたりとか、ちょっと落ち込んだ時、一人になりたい時に……ってそうじゃなくて！　ハチ、どういう事？　急に転校してきて」

「前から言ってたじゃろ。ガッコウに連れてけって」

「言ってたけど。魔王が学校だなんて……」

「ヨタがダメだって言うからシショーに相談したんじゃ。そしたら『あー、そういえば行かせなきゃね。ご両親がいいならいいよ』って」

師匠はその辺適当だな……

「でも、今更だけど身元とかどうなってるんだ？　戸籍……とか。身分証明とか」

「あーよくわからんが、マ魔王がこっちに来た時にそういうショルイ？　は置いておいたらしいのじゃ。で、ヨタに内緒でテンコウしてきて驚かせてやろうって」

「驚いたよ……」

ハチを学校に入れる為《ため》に、こっちの世界の戸籍とかは作ってあったって事か。なんでもアリだな。まぁ嘘《うそ》でも身元がちゃんとしていた方が落語家としても続けやすいか。

「まぁしかしワシもセイフクデビューじゃな。アニメとかゲームに出てくるJKってやつじゃ」

相変わらず情報の出所が偏ってるハチが制服のスカートをバタバタさせる。普段はボーイッシュな格好のハチ。普段着はスカートを穿《は》かずズボンばかりだったけど、初めて見る制服、スカート姿は……可愛いが……

「ちょっ、スカートバタバタさせるなって。そ、その、パ……」

「なんじゃ？　顔が赤くなってるぞ？」

「なってない！」

ハチの事はあまり女性と意識していなかったけれど、こういう不意打ちには流石にドキッとしてしまう。ハチも前よりは大分恥じらいを身に付けてはきたけれども。

「あー、こんな所にいたー。ねー、お弁当食べようよー。昼休み終わっちゃうよ」

みつきが僕らを探して屋上へ来た。確かにお昼の事を忘れていた。みつきを交えて三人でお弁当を食べる事にする。

「そういえばハチ、お弁当はどうする？」

「ん、しっかり持ってきたぞ。見て驚け！」

ハチが背負っていたリュックをゴソゴソして大量の何かを取り出す。

「部屋に沢山あったのを持ってきたのじゃ。ジャーン！　どうじゃ！」

出てきたのはお饅頭《まんじゅう》、羊羹《ようかん》、最中《もなか》、大福《だいふく》など和菓子が山ほど。師匠が楽屋でもらってきて溜まっていたやつだ。これはお弁当とは言わないだろう。

「もー、そんなんじゃ栄養偏っちゃうよ。それはおやつにして、私のおかず分けてあげる」

「お、悪いのぅ」

なんだかんだ面倒見のいいみつきが、ハチに卵焼きやミートボールなどおかずを分けてあげている。

「ハチちゃんはもう高座《こうざ》に上がったの？」

「おお、この間な。我ながら爆笑だったのじゃ。もうヨタは超えたな」

「ムッ、よーちゃんだって調子いい時は凄《すご》いんだから」

「いやいや、ヨタのコウザはなんかビクビクしてるのじゃ」

「私は子供の頃からよーちゃんの落語を見てるんだからね！　入門当初は天才前座《ぜんざ》って言われてたんだから！　子供の時も、天才って言われた頃も、ずっと応援してたんだから！」

「ふーん。でもワシは毎日ヨセで一緒だから、今はワシの方が沢山見てるかもな！」

「ムー！　ずーるーいー！」

みつきの言葉にハチが言い返し、またみつきがムキになる。せっかく仲良くなりそうだったのに。しかし、みつきの言っている事もハチの言っている事も的外れじゃない……

ワーワー言いつつも楽しくお弁当を食べて、昼休みは終わった。

2

「それでは今月末に近付いてきた文化祭のメイド喫茶のメニューや、シフトを決めたいと思います。えー今年は例年と違って、初日の土曜日の午後から保護者も……」

午後のHRでも文化祭に関しての話し合いだ。クラス委員長の説明をぼんやりと聞いていたら、隣の席のハチが不思議そうな顔で話しかけてきた。

「ブンカサイってなんじゃ？」

「あーハチは知らないか。文化祭って言うのは……んー、学校でやるお祭りだよ」

「祭りか！　祭りは好きだぞ。向こうの世界でもあったからな。何か食べられるか？」

「んー、簡単な店が多いけど、去年は焼きそばとか、フランクフルトとか、あとはチョコバナナとかあったかな」

「チョコ……バナナ……絶対美味《おい》しいじゃないか！」

ハチがじゅるりと涎《よだれ》を垂らす。文化祭で食べすぎるなよ……

「遊ぶだけじゃなくて高座《こうざ》もあるんだからな」

うちの銀大《ぎんだい》高校の文化祭は毎年十月末の開催だ。銀大の一文字と、中庭のイチョウの木が名物なので銀杏祭《ぎんなんさい》。各クラスごとの出し物の他に各文化部の発表がある。僕は前座《ぜんざ》修行があるので部活には所属していない。だけど文化祭の時だけ銀大高校の落語研究会《らくごけんきゅうかい》の寄席《よせ》発表に出る事になっている。

それと言うのも落語研究会の顧問とうちの師匠が高校の時の同級生（銀大高校の出身）という縁で、毎年うちの師匠が落語会にゲスト出演しているのだ。僕も前座《ぜんざ》として上がる事になるが、今年はハチもだろう。

「ハチ、ちゃんと仕事もあるってわかってるな？」

「チョコバナナ楽しみなのじゃ。マンジュウ屋とかもあるかなー」

食べ物で頭がいっぱいみたいだけど、学校行事に前向きになってくれたならいいか……

◯

それから一ヶ月弱とあっという間の準備期間を経て、十月末の文化祭当日。僕とハチはクラスの出し物の準備もあるのでいつもより早く学校へ向かう。落語研究会の発表は十三時から。師匠はそこに合わせて来る事になっている。

「師匠、行ってまいります」

「うん、また後で。ハチも楽しんでおいで」

「はいですじゃ！」

初めての文化祭でテンションの上がっているハチ。声が弾んでいる。僕も今日は本業の落語も頑張りつつ、学生としても楽しみたい。

うちのクラスのメイド喫茶では女子がメイド服で接客、男子が執事服で厨房《ちゅうぼう》をやる事になっている。飲み物は簡単な物だけれど、食べ物は僕を含む料理が得意な男子が担当する。

　僕は午後から落語研究会の寄席《よせ》があるので、午前中の厨房担当だ。

「きゃー、可愛《かわい》いー」

　カーテンで区分けされた女子の着替えスペースから、女子の黄色い声が聞こえる。

　女子がハチに衣装のメイド服を着せていた。着替え終わったハチがトテトテとこちらへ駆け寄ってくる。

「どうじゃ？　ヨタ。似合うじゃろう？」

　クラシカルな色合いではなく、今時っぽい淡い水色のスポーティーなメイド服だ。制服もそうだけど、元がいいから何を着ても似合う。正直可愛い。

「可愛いじゃろ？」

「か、かわ……」

「可愛すぎだー」

　僕が言いかけたところで興奮したクラスのヲタク男子達が大声で叫んだ。

「そうじゃろう、そうじゃろう！　ガッコウでも魔王軍ができたのじゃ！」

　褒められて気を良くしたハチは腰に両手を当ててふんぞり返る。それは可愛くないぞ。

「午後の落語会も楽しみにしてるよ！　八子《はちこ》親衛隊で応援するから！」

「うむ、よきにはからえ。ワシのファンは魔王軍を名乗ってもらうぞ！」

学校で魔王軍なんてやめてくれ。と言うか、クラスメイトは僕の応援もしてくれよ。

そして文化祭が始まった。最初は少なかったお客さんも、お昼が近付いて少しずつ増えてきた。

「ウーロン茶とオレンジジュース、お待たせなのじゃ。空いたグラスをお下げするのじゃ」

ハチは楽屋仕事で慣れてきたからか、いい感じの接客をしている。少しでも修行が活《い》きてきたなら嬉《うれ》しい。

「ハチちゃーん、アレやって。アレ！」

「アレってなんじゃ？」

「ほらメイド喫茶お決まりのアレ、決めゼリフやってー」

「決めゼリフ……呪文みたいなもんか……ワシはできないがマ魔王のマネなら……大爆炎魔法《メガファイヤ》！」

「え……？　お、おおー！」

ハチが大仰に手を構え大声で何かを唱える。訪れる静寂からの歓声。ハチは今（元からか）魔法を使えないから何も出ない。というか、お客さんが期待したのは『萌《も》え萌えきゅ

ん』みたいなのだと思うぞ……。まぁそんなトンチンカンな所も含めてウケているハチ。

かくいう僕は調理担当。と言っても出せるのは、学校でも簡単にできるホットドッグ程度のもの。教室の端っこに作った調理スペースでひたすらにキャベツを千切りしていく。

「凄い手際《てぎわ》だ。さすが落語家……」

クラスメイトが呟《つぶや》いた。千切りは落語家の仕事じゃないけどね。

「大爆炎魔法《メガファイヤ》！　大電撃魔法《メガサンダー》！　オマケに大時空魔法《メガテレポ》！」

「いい加減にしなさいっ！」

またハチが調子に乗っていた。見かねた僕は調理スペースから客席へ近づき、ハチに軽くチョップする。夫婦《めおと》漫才のようなやり取りに、周りが笑っている。まぁハチがクラスに馴染《なじ》んでいるならいいか。

お昼前までクラスのメイド喫茶を担当して、与えられたシフトは終わった。これから落語研究会の発表の準備のため、会場である視聴覚室へ移動する。ハチはメイド服が気に入ったのか、着たままだった。

「ヨタァ、楽しかったな」

「まぁね。でもこれからは仕事だ。気持ちを切り替えろよ」

「うむ！」

ハチも最近は少しずつ前座《ぜんざ》としての自覚が出てきた。前はブーたれていたところ、この様に前向きな返事がくる。あとはまた兄《あに》さんと呼んでくれたら……

ちょうどみつきのクラスの前を通りかかったら、みつきが客引きをしていた。みつきのクラスはお化け屋敷《やしき》らしい。幽霊の白装束を着ていたみつきが僕達に気が付いた。

「あ、よーちゃん、ハチちゃん……メイド服可愛い！」

「フッフーン♪　ミツキも可愛いのじゃ！」

「お化けの格好で可愛いって言われても微妙だけど……。二人はこれから落語研究会よね？」

「ああ、みつきは見にきてくれる？」

「もっちろん！　その為《ため》にシフトは午前中にしたの。よーちゃんの格好いい高座《こうざ》姿、楽しみにしてるね」

「ああ、頑張るよ」

大人が多い寄席《よせ》だと緊張してしまうけれど、毎年文化祭の初日である土曜日は学生のみだから大丈夫なはずだ。日曜日は保護者など一般客も入れるみたいだけど、そちらは出番がない。

「今日は学生だけだからね。バッチリやれるよ」

た。

みつきが何か言いかけていた気がするけど、遅れるといけないので会場へ急いだのだった。

「あ、よーちゃん！」

「あ、ごめんみつき。行かなくちゃ」

「ヨター、時間じゃぞー」

「え、でも今年は……」

〇

落語研究会の会場へやってきた。毎年学内の視聴覚ホールのステージ上に、机と毛氈《もうせん》で簡易的に作った高座《こうざ》と屏風《びょうぶ》を置いて、寄席《よせ》っぽい作りにしている。ステージの裏の楽屋として用意された小部屋に入ると、もう師匠が入っていた。

「師匠、遅くなりました」

「大丈夫、お疲れ様。ヨタにハチも楽しんだみたいだね。特にハチは」

ハチのメイド服を見てフッと笑う師匠。今日だけはいいけど、普段はこんな格好で楽屋来るなよ……

「ほら、ハチ。着替えないと」

「うむ、そうじゃな……」

僕に言われてその場でメイド服を脱ごうとしたハチが手を止めた。

「着替えるのじゃ。シショーもヨタも出てくのじゃ」

「あ、ゴメン」

僕だけでなく師匠もハチに追い出される。外の通路で着替えが終わるのを待つ。

もちろん女子が着替えるので自然と出て行こうと思っていたが、前のハチだったらこっちが逆に気にしちゃうくらいに堂々と着替えていた。それが最近は多少恥じらいが芽生えたみたいだ。まだスカートをバタつかせたり、隙だらけではあるけれども。

「ハチ、変わったね。前は家でも恥じらいなく着替えたりしていたけど。それ以外にもお茶汲《く》みの心得や楽屋での振る舞いとか、少しずつ常識や気遣いが身についてきた」

「です……かね」

「兄弟子《あにでし》の教えがいいからね。ヨタを見習ってるんだよ」

「そんな事……」

「本当だよ。ハチの事は殆《ほとん》どヨタに任せちゃっているけど、一番弟子がしっかりしてるから安心できるよ。ハチはマイペースだけど他の人にはない魅力を持っているし。僕は弟子に恵まれたかな」

師匠にそう評価されるのは素直に嬉しい。

そうだ、弟子といえば、一度聞いてみたい事があったんだ。

「師匠はなんでハチを弟子に取ったんですか？」

「え？」

「これまで僕の後は志願者が来ても断っていたじゃないですか？　ハチの何を見て弟子に取ろうと……？」

「ん？　それはね……」

「着替えたぞー」

師匠が言いかけたところで、着替え終わったハチが戸を開けた。せっかくの機会だったけどハチの前では聞き辛《づら》いのでまた次にしよう。

「なんじゃヨタ、何か話してたのか？」

「なんでもない。じゃあ僕が着替えるから、お前はお茶」

「はいなのじゃ」

僕が指示をしてハチが返事をする。相変わらず言葉遣いはおかしいけど、だいぶ働けるようになってきた。

「ハチ、そろそろ始まるぞ」

「わかったのじゃヨタ。そこのお前も頑張るのじゃ」

「は、はい！」

ハチがこれから高座《こうざ》に上がる落語研究会の部員に声をかけた。なんか余計に緊張させちやったみたいだけど……

落語研究会の発表会では、まず現役の部員、僕の同学年の男子が高座に上がる。演目は『短命《たんめい》』。前座《ぜんざ》は寄席《よせ》だとかけられないネタだ。

『指と指が絡《から》み合《あ》う……な？　短命だろぉ？』

『指と指の間に毒が！』

寄席《よせ》だと前座《ぜんざ》は俗に前座噺《ぜんざばなし》というわかりやすい演目で上がらなくちゃいけない。お酒の噺《はなし》や博打《ばくち》、色事の噺《はなし》なんかはできるだけ避けた方がいいとされる。

この『短命』は男女の営みが過ぎて旦那が早死にしてしまい……という色事に分類されるので前座《ぜんざ》はできない。こういう噺《はなし》を自由にやれるのは学生落語の特権だ。

「ウケてはいるけど……ワシらの方が上手《うま》いのじゃ」

袖で見ていたハチが言う。毎日寄席で修行している僕らは落研《おちけん》に負けられない。

『あー、俺は長生きだァ』

落研部員が『短命』のサゲを言って高座から降りてくる。入れ替わりに上がるのがハチだ。

「ふふん、ガクセイと魔王の違いを見せてやるのじゃ！」

お前も今は学生だろと思いつつ、そこそこ盛り上がった落研の高座《こうざ》の後で、ハチはどうするかな……？

客席を見るとハチの登場に様々な反応があった。

「ハッチちゃーん！　L！　O！　V！　E！　ラブリーハチちゃん！」

ハチ曰《いわ》くの魔王軍らしき男子達が熱烈な応援をしていた。揃《そろ》いの法被《はっぴ》に、ハチマキも巻いている。アイドルのコンサートじゃないんだから……

「なにあの子、可愛《かわい》いねぇ」

「さっきメイド姿で走ってた子だー」

客席の女子もハチの姿になんだかキャッキャしている。メイド姿で移動したのも功を奏したか。

『うむ、ハチじゃ。一席やるのじゃ』

お辞儀をしてから、ハチお決まりの一言目。今ではこれで通している。

語尾の『じゃ』は前座《ぜんざ》としておかしいけど、師匠から『ハチらしくていいんじゃない？』というお許しをいただき、言いやすいこのスタイルになった。ハチもこの一言で喋《しゃべ》り始めるとやりやすいらしい。

ハチは一言挨拶してからニコッと笑い、間《ま》を取った。これもいつものルーティン。

曰く『笑った方が楽しい話をしやすい』との事。この笑顔で客席はハチに心を摑《つか》まれて、数瞬の間で『何を話すんだろう?』と前のめりになる。天然でやっているのだろうけど高度なテクニックだ。魔王としての天性の人心掌握術だろうか。

「上手いね」

「師匠……はい」

師匠もハチのこのちょっとした摑みに感心していた。

『うえーん、寿限無《じゅげむ》寿限無《じゅげむ》、五劫《ごこう》の擦《す》り切《き》れ、海砂利《かいじゃり》水魚《すいぎょ》の水行末《すいぎょうまつ》雲来末《うんらいまつ》風来末《ふうらいまつ》、食《く》う寝《ね》るところに住《す》むところ、やぶらこうじのぶらこうじ、パイポパイポパイポのシューリンガン、シューリンガンのグーリンダイ、グーリンダイのポンポコピーのポンポコナーの長久命《ちょうきゅうめい》の長助《ちょうすけ》ちゃんが、アタイの頭をぶってこんな大きなコブをこさえたー』

ハチの演目は『寿限無《じゅげむ》』だ。多くの前座《ぜんざ》が教わる初歩的な噺《はなし》だけど、これで笑いを取るのは難しい。でもハチの天然な可愛さと出てくる子供のキャラがマッチし、言い立てのリズム感もいいので客席がノって大きな笑いが起きている。流石《さすが》に落語研究会の部員の何倍もの盛り上がりだ。

『あーん、あんまり名前が長いからコブが引っ込んじゃった』

ハチが『寿限無《じゅげむ》』のサゲを言って高座《こうざ》から降りてくる。この後は僕の出番だ。

ハチが盛り上げた後だと緊張する。でも客席が学生だけなら……僕も負けない。

「ヨタ、見てたかー？『寿限無《じゅげむ》』が楽しくできたのじゃ！」

「お疲れ様。うん、凄《すご》いウケてた。兄弟子《あにでし》として僕も負けられないな」

満足そうに降りてきたハチと入れ替わり、僕が高座《こうざ》に上がる。学生でギッシリの客席。

最前列にみつきの顔も見えた。少し嬉《うれ》しい。

『ねぇ隠居さん。タダの酒飲ませてよ』

『タダの酒じゃない、うちにあるのはナダの酒だ』

『ナダでもタダでもなんでもいいから飲ませろ、このしみったれ』

僕の演目は『子ほめ』。大人や子供の褒め方を教わって酒をご馳走《ちそう》になろうとするも失敗してしまう……という定番の前座噺《ぜんざばなし》。

ハチの落語は明るくキャッチーだ。客席を上手く盛り上げる。だけど経験が少ない分……雑だ。僕はその逆をいく。丁寧に丁寧に。一つ一つのセリフ、間を丁寧に。

前座《ぜんざ》の笑いの取り方としてはそれが正しいはず。爆発力じゃなくて総合点でハチに勝てるように。実際笑い声は着実に大きくなっていった。

（あ、さっきハチを応援してた連中が退屈そうにしてるな……）

『よっ、待ってました。町内の色男！』

『向こうのほうが上手いね、おい』

そこに向けて声を意識的に飛ばす。高座《こうざ》を見ていなかった彼らも声を飛ばすとこちらに集中し、次第に笑い声を上げた。それが波及してその周りの笑い声も大きくなる。

（いいぞ、ウケてる）

僕だってこれくらいの事はできるんだ。ハチにも……負けない！

その時だった。

「あー、寄席《よせ》もう始まってるわよ」

「まぁ、光月《こうげつ》師匠は？」

「良かった。まだみたい」

まだ噺《はなし》の最中だったのに、大きな声で話しながらおばちゃんが何人か入ってくる。文化祭の一日目、土曜日は生徒だけじゃなかったか……？

あ……そうだ、前に委員長がサラッと言っていた気がする。土曜日しか来られない保護者のために、今年は午後から保護者が入場できると。準備に手一杯で忘れていた。開演に間に合わず、ちょうど僕の時間に入ってきたんだ。

『子ほめ』の終盤でそんな事を考えていると身体《からだ》が硬くなっていき、噺《はなし》がしどろもどろになってしまった。

『あ、赤ん坊はどこに……っどこにいるんだぃ？』

『そこにいるだろう』

『あーこれ……えっと、禿《は》げてて……あー、入れ歯が……』

『それはバァさん……じゃなくてジィさんが……えっと』

「あらあの子、緊張しているのかしら？　学生さんよね？」

「頑張ってー」

おばちゃんが声をかけてくる。より頭が真っ白になってセリフがつかえてしまう。最前列でみつきも心配そうに見ている。

そう……僕は大人相手では途端に緊張してしまい、稽古の半分も語れなくなる。子供相手の学校寄席《よせ》もあるが、普段の寄席《よせ》のお客さんは殆ど大人。大人相手で充分にできない僕は落語家としては欠陥品だ。

（元天才前座《ぜんざ》なんて言われても……今ちゃんとできなかったら仕方ないじゃないか……）

それでも僕は落語が好きだから……師匠が好きだから落語を続けてきたのに……

（なのに……情けない……）

『どう見ても、タダでございます』

なんとか『子ほめ』のサゲを言って高座《こうざ》から降りてくる。

「ヨタ……」

いつもなら何か弄《いじ》ってくるハチが心配そうに僕を見ている。

「お疲れ様……大丈夫だよ」

すれ違いざま、次に上がる師匠が僕の頭を撫《な》でた。優しさで言ってくれたのがわかるだけに余計情けなくなる。

師匠の演目は『金明竹《きんめいちく》』だ。客席もハチの時以上にウケているのが聞こえる。いつもだったら師匠の高座《こうざ》を袖でちゃんと聞いて勉強するのに、先程の高座《こうざ》がショックで何も頭に入らず、周りの音が聞こえなくなっていた。

「ヨタ……？」

ハチが心配そうにこちらを見る。僕より何倍もウケていたハチにそんな目で見られて、かえって惨《みじ》めな気持ちになってしまう。気が付くと大きな拍手が聞こえた。拍手……？

「ヨタッ」

「あ……」

拍手は師匠の落語が終わった時の拍手だった。師匠が終わったら追い出し太鼓をＣＤでかけなきゃいけないのに遅れてしまった。ハチに言われて、気付いて慌てて再生する。

「師匠、すいませんでしたっ」

「いいんだよ、大丈夫」

師匠は怒るでもなく微笑《ほほえ》んでくれた。師匠から着物を受け取り畳む。

「お疲れ様でした」

「ありがとう。ヨタ、僕はもういいから文化祭回っておいで」

「は、はい……」

師匠は僕の気持ちを察した上の優しさで言ってくれたはず。なのに僕は悔しさ、悲しさなどがないまぜになり、師匠の目を見る事ができないまま楽屋を飛び出してしまった。

「あ、おい、ヨタどうしたのじゃ？　待つんじゃ！」

ハチの呼ぶ声が背中に刺さるが、僕は振り返らなかった。

△△△

どうもヨタの様子がおかしいのじゃ。

稽古の時のヨタのラクゴはシショーほどじゃないにしても、他のゼンザと比べてだいぶ上手いなと思う。悔しいから普段は言ってやらないけれども。

ただ逆にさっきみたいなコウザだと言葉が出なかったり、カチカチになったりしている事が多い。他のゼンザでもそういう場面は見るが、ヨタはそれが極端なのじゃ。『元』天オゼンザと呼ばれているのも前々から疑問に思っていたのじゃが……

「シショー……」

「ん、そうだね。心配なら様子を見に行ってあげて」

「はいなのじゃ！」

ヨタを探しにガクヤを出る。と言ってもどこにいるんじゃヨタは……

「あ、ハチちゃーん！」

「あ、ミツキ」

「落語会を見てたらよーちゃんの様子がおかしくて。心配して楽屋に行ったら、よーちゃんはどこか行っちゃったって聞いて……」

「そうなのじゃ。前々から気になっていたが、ヨタはヨセだとたまにおかしいのじゃ。稽古やガッコウヨセだとシャンとしてるのに。一体ヨタに何があったと言うのじゃ……」

「そうか……ハチちゃんは最近入ったばかりだから知らないんだね」

「何をじゃ？」

「よーちゃんはなんていうか……トラウマがあって。今日も急に大人が入ってきて、あの時の事を思い出しちゃったんだよ……」

「あの時？」

「よーちゃんは子供の頃は本当に楽しそうに落語をしていたし、入門してすぐは天才前座《ぜんざ》なんて呼ばれていたんだけど……」

それからミツキはヨタの子供の時の話を教えてくれたのじゃ……

3

まだ校内が文化祭で盛り上がる中、僕は一人屋上へ来ていた。どうしても忘れられない昔の事を思い出す。

「わー、落語ってすごーい！　タイムスリップしたみたいだったよ！」

僕が初めて落語と出会ったのは小学校四年生の時だ。落語好きのお父さんが落語会に連れて行ってくれた。その日のトリだったうちの師匠のネタが『死神』だった。

怖い場面もあったけど、それ以上に、目の前に別の世界が創造されるような感覚。その興奮をお父さんに伝えると、楽屋にいるうちの師匠に会わせてくれると言う。

うちの師匠はお父さんの血の繋《つな》がらない弟だった。つまり僕の叔父《おじ》にあたる。これまでに会う機会がなかったのは師匠が売れっ子で忙しかったのと、僕が小さかった事、あとは親戚間の問題で色々……とあったらしい。

「こいつは息子の太陽《たいよう》。今日落語を初めて聞いたんだよ」

「そうなんだ。面白かった？」

今と変わらない優しい笑顔で師匠は語りかけてくれた。

「うん、なんかちょっと怖かったけど、なんかロウソクがいっぱい見えてすごかった。ゲームの召喚魔法……みたいな。そう、本当に魔法みたいだった！」

子供の語彙力で一生懸命感想を伝えたと思う。

「そう、魔法か。嬉しいね」

「僕も落語やりたい！」

「そうかい。いつでも教えてあげるよ。僕は落語が世界で一番楽しいものだと思っているんだよ」

「うん、楽しかった！　アニメよりも、ゲームよりもずっと！　だから教えて！」

それから、師匠から習い事の様な感じで月に一席落語を教わった。

弟子入りとか仰々しいものではなく、あくまで親戚のおじさんに教えてもらっているだけ。それでも小学校や町内会の集まりで落語を披露している内に、僕はどんどんのめり込んでいった。

「太陽、お前落語家になるか？」

「なりたい！」

「あら、よーちゃん上手《うま》いものねぇ。テレビにも出ちゃうかも」

「うん、僕は落語を頑張ってテレビに出るー」

「落語はいいぞ。どんなに辛《つら》い時でも落語を聞いたら元気になる。お前ももし落語家になったら、辛い思いをしている人を笑顔にできる様な落語家になるんだ。お父さん達は色々あって親戚とは疎遠になっちゃってね。でもいつかみんなにヨタの落語を聞かせてあげたいなぁ」

どこまで本気かわからなかったけど、両親は応援してくれていた。

そして中学を卒業すると同時に正式に入門が決まった。これまで師匠は弟子を取っていなかったけれど、ずっと僕の落語を見てくれていたし、お父さんの頼みとあって、初めての弟子として迎えてくれた。

「今までにいくつかネタを教えたけれど、それはあくまで趣味としてやる上での指導だから。これまでの事はリセットしてまたプロとして一から落語を教えるよ」

「はい、望む所です。よろしくお願いします！」

正式な入門という事で、落語の稽古はそれまで親戚として教えてくれた時と違い、本職の落語家としての指導だった。最初の内は特に、ちょっとした間違いも徹底的に直された。

師匠の指導のお陰で僕もまた上手くなり、プロの高座《こうざ》デビュー後すぐに結果を出した。楽屋入りしてからの一年間は常に多くの笑いを取って『天才前座《ぜんざ》』なんて持《も》て囃《はや》されたりした。落語家なんて不安定な職業でも両親は喜んでくれて、高座《こうざ》がある日は殆《ほとん》ど見に来てくれていた。両親や多くの人の前で笑いを取って、天才前座《ぜんざ》なんて言われて、僕は順風満帆な落語家生活を歩み始めた……はずだったのに。

入門から一年後の春。

「師匠。昼席《ひるせき》つとめて参りました」

「あ、おかえり……」

「今日はうちの両親が見に来るって言ってたんで、僕が高座《こうざ》に上がらせていただいたんです。でも来なかったみたいで……。急用でも入ったのかな……？」

「ヨタ……」

「どうしたんですか？」

「落ち着いて聞いてくれ……」

両親が交通事故で亡《な》くなった。

僕の高座《こうざ》を見に来る途中で事故にあったらしい。僕が帰る直前に病院から師匠の所に連絡があったそうだ。師匠と病院へ行くと、もう二人は息を引き取っていた。病院の廊下で一人呆然《ぼうぜん》としていた僕を師匠がキュッと抱きしめてくれた。

「師匠……僕は……お父さんとお母さんに笑ってほしくて……今日も……」

「泣いてもいいんだよ……」

その一言で初めて僕は泣く事ができた。両親の死を実感した。

葬儀は簡素なものだった。お父さんの兄弟《きょうだい》は義理の弟である師匠だけ、お母さんは一人っ子だ。祖父母はどちらも亡くなっていたし、あとは僕も初めて会うような遠縁の親戚が数名だけ。お通夜《つや》が終わると、数名の遠縁の親戚だけが残り、何やら話していた。

「こんなに早く亡くなるなんてね……」

「向こうで好きな落語でも聞いているのかな」

ふとお父さんの言葉を思い出す。

——お父さん達は色々あって親戚とは疎遠になっちゃっててね。でもいつかみんなにヨタの落語を聞かせてあげたいなぁ——

そうだ、親戚に、この人達に僕の落語を聞かせてあげたいって言ってたじゃないか。今日を逃したら次いつ会えるかわからない。

——辛い思いをしている人を笑顔にできる様な落語家になるんだ——

暗い雰囲気だったお通夜の後で両親に、親戚のみんなに笑ってほしかった。お父さんの望みを叶《かな》えてあげたかった。ただそれだけの気持ちで……

僕は常に持ち歩いていた扇子《せんす》を手に、スッと立ち上がり歩き出す。先程までお坊さんが座っていた座布団《ざぶとん》に正座すると……

『えー、一席のお付き合いを願いますが』

僕は棺桶《かんおけ》の中の両親に、親戚に笑ってもらいたくて、落語を語り始めた。

『お前さん、歳《とし》はいくつだい？』

それだけじゃない、辛さを紛らわせる為《ため》という事もあったのかもしれない。

『どう見てもタダでしょう』

サゲまで辿《たど》り着《つ》いた。良かれと思って落語をした。喜んでもらいたかった。僕の、みんなの辛さを紛らわせたかっただけなのに……

「え、こんな時になにしてるのこの子……」

「落語家になったんだっけ」

「誰が引き取るのこの子。ウチは嫌よ」

我に返ると、親戚達が白い目で僕を見ていた。

「あ……」

僕を見る白い目、白い目、白い目、目、目、目……

その視線が怖くなり、僕は頭が真っ白になってしまった。親戚はいつの間にか帰っていた。

「僕は……何をやってるんだろ……」

翌日の告別式の後に火葬場へ行き、これで本当にお別れだ。僕はこれからどうなるんだろうと思っていたら、親戚を見送った師匠が声をかけてくれた。

「君《キミ》は僕が引き取る事になったよ」

「あ……ありがとう……ございます……」

親戚はみんな僕を引き取る事を嫌がった。義理とはいえお父さんの弟である師匠が僕を引き取ると言ってくれたので、僕は一人にならずに済んだ。

「どうする?」

「え……?」

「もう君《キミ》は無理して辛い修行を続ける事はない。ゆっくり心を癒《いや》して普通の学生に戻ればいい。大学へ行きたいなら行かせてあげるよ。落語もたまに趣味としてやるなら教えてあげる」

「落語家を……辞める……？」

「それともまだ修行を続けるかい？　前座《ぜんざ》修行は休みがないし、理不尽な事もある。心を癒す暇もないかもしれない。それでもやれるかい？」

師匠は落語家を続けるか辞めるかの選択肢をくれた。今は辛い。明るい気分にはならない。でも僕が落語家になる事は両親の夢でもあったから……

「続け……ます。その方がお父さんもお母さんも喜ぶと思うから……」

「うん、わかった」

僕は師匠に引き取られ、養子かつ住み込み弟子として一緒に暮らす事になった。数日の休みの後、改めて楽屋修行も再開した。両親が亡くなった事は修行とは関係ない。自分で決めた事でもあるので僕はこれまで通りに修行をしていた。これまで通りの……筈《はず》だった。

そして両親が亡くなってから初めての高座《こうざ》の日がやってきた。師匠の独演会での前座《ぜんざ》。

客席は殆どが大人の落語ファン。僕はこれまで通りの落語をしようと気合を入れていたが
……

『あ……えー……あ……』

（あれ？　おかしい……⁉）

高座《こうざ》に上がり客席を見て――絶句してしまった。カチカチに固まり、何も喋《しゃべ》れず客席からヤジが飛んだ。見かねた師匠が袖から、降りていいよと言ってくれた。

「ごめんね、まだ早かったね」

まだ心が癒えていなくて僕が緊張したと思ったのだろう。

だけどそれ以降、小さい落語会でも大人がいると絶句してしまった。これはただの緊張感だけじゃない。

高座《こうざ》から見える白い目……白い目……白い目……。客席の大人達の目が、お通夜の後に落語をした僕を見る親戚達の白い目に見えてしまうんだ。目の前にいるのはその時の親戚じゃない、気のいいお客さん達だと思ってもトラウマがフラッシュバックし、両親の死を思い出してしまい、固まってしまう。

逆に自分と同世代以下の学校寄席《よせ》では本来の実力が出せた。僕は子供の前でだけ堂々とした高座《こうざ》ができる前座《ぜんざ》になってしまった。

「アイツ入門したては良かったのにな」

「あんなもんさ。天才前座《ぜんざ》なんて言われて調子に乗ってたんだよ」

事情を知らない人からは昔と比べて情けない僕を揶揄《やゆ》して、『元天才前座《ぜんざ》』なんて言われたりした。

「これは……時間をかけていこうか」

僕の様子に気付いた師匠はそれを受け入れて一緒に考えてくれた。

あれから二年の修行で大分慣れてきたと思った。絶句してしまうまではいかずに、上手く誤魔化せるようになったと思っていた。それでもさっきみたいに大人が急に入ってくるとトラウマを思い出してしまう。両親の死は時間が少しずつ癒してくれたけど、身体《からだ》がどうしても硬くなってしまうんだ。

「ハチは成長しているのに、僕は何て情けないんだ……」

△△△

「全部知ってるわけじゃないけど、私が知ってるのはそんなところかな」

ヨタを昔から知っているミツキから話を聞いた。ヨタがウジウジしていたのはそういう事だったのか……

ワシにはパパもマ魔王もいるからヨタより恵まれてるかもしれない。それでも……

「あ、ハチちゃん！」

ワシはヨタを探してまた駆け出した。落ち込んだ時は屋上だとヨタが前に言っていた。

他に当てもないので屋上へ来たら、案の定ヨタが一人でいたのじゃ。

「ヨタっ！　見つけたのじゃ！」

「ハチ……」

「そんな所で何を落ち込んでおるのじゃ」

「さっきの高座《こうざ》を見ただろう。僕なんてあんなもんさ……」

「何を情けない事を言っておる。ヨタの好きなラクゴはこんなもんなのか？　ちょっとやそっとの失敗で落ち込んで、ヨタが憧れるシショーみたいなラクゴカになれるのか？」

「ハチ……」

「ミツキに話は聞いたのじゃ」

「そうか……そうだよ。僕は情けない奴《やつ》なんだよ」

「ヨタ、魔王のアニデシが情けないままでいいものか。ワシと一緒に特訓するのじゃ！」

困難があったら特訓する。レベルアップする。それがワシのいた世界の基本。魔王に挑んできた勇者達も、それを迎えうつ魔王軍もみんなそうしてきたのじゃ。

4

「ヨタ、魔王のアニデシが情けないままでいいものか。ワシと一緒に特訓するのじゃ！」

僕を探して屋上に来たハチが言った。

「特訓……？　でも僕なんて……」

「何かおかしいと思っておったが、ようやく理解できたのじゃ。同情はする、するがお前はこの魔王のアニデシじゃろう？」

「ハチ……」

「ラクザシショーからワシを守ってくれたヨタはどこへ行った？　アニデシのヨタはどこに行った？」

「僕は……兄弟子《あにでし》……」

「そうじゃ！　ヨタ……ヨタアニサン！」

ハチが僕の胸ぐらを摑《つか》み、また兄《あに》さんと呼んでくれた。

「ハチ……そうだ、僕は……」

「わかったか？」

ハチの言う通りだ。僕は兄《あに》さんなんだ。兄弟子《あにでし》としてちゃんとしてなくてどうする。ハチに教えるなら僕も手本になるよう、過去も乗り越えていかなくちゃいけない。

「ハチ……ありがとう。ハチに偉そうに言ってきた兄《あに》さんがこんなんじゃカッコ悪いよな……やるよ！」

「それでこそじゃ。ヨタ」

ハチが発破をかけてくれたお陰でようやく決心がついた。また兄《あに》さん呼びじゃなくなったけど。

「でも特訓ってどうしたら？」

「んー、お前は大人の目が怖いんじゃろう？　そしたらもっと怖いもので慣れればいいんじゃないか？」

「なるほど……もっと怖いものって？」

「んー、モンスターとかどうじゃ？」

せっかくいい流れだったのにハチがまた変な事を言い出した。

春風亭吉好の落語解説

その肆　落語の種類

●滑稽噺《こっけいばなし》

笑いを目的とした噺で、多くの落語がこれに該当する。前座は、その中でも特に分かりやすい「前座噺」しか高座でかけられない（例外もある）。『寿限無』『時そば』『火焔太鼓』など。

●人情噺《にんじょうばなし》

親子や夫婦の情愛など、笑いよりも感動を目的とした噺で、その多くが三十分を超える長講。寄席では基本的にトリの真打以外はかけられない。『芝浜』『妾馬』『文七元結』など。

●怪談噺《かいだんばなし》

幽霊や化け物などの怪異を扱った噺。凄惨な展開の噺だけでなく、中には滑稽な噺もある。また、一席では終わらない連続物もある。『死神』『牡丹灯籠』『真景累ヶ淵』など。

●廓噺《くるわばなし》

吉原などの遊郭を扱った噺。花魁をヒロインとした人情噺や、遊郭に通い続ける男のドタバタを描く滑稽噺など、雰囲気は様々。『紺屋高尾』『居残り佐平次』『品川心中』など。

その他、鳴り物や道具の演出が入る「芝居噺」「音曲噺」など、細かく分類されていく。

第五章　猛特訓の魔王様

1

「ギィやぁぁぁぁぁぁぁぁぁ！」

「……」

「こーわーいー！」

「………」

「わぁぁぁモンスター！　タースーけーテー！」

「…………」


土日にあった文化祭の翌日、僕とハチは高校の振り替え休日の昼に遊園地へ来ていた。夜席《よるせき》へ行く前に、という事で師匠も了承済みだ。別に遊びに来ているわけじゃない。名目上は。

ハチが『恐怖に耐性を付けるにはモンスターじゃ！』とか言い出したので、モンスターのいる所へ。とはいえ異世界のモンスターではなく、こちらの世界のモンスターだ。

都内某遊園地のモンスターハウス。所謂《いわゆる》お化け屋敷《やしき》だ。かなりリアルに作り込まれたゾンビ、ゴースト、ケルベロスなどが随所で現れて脅《おど》かしてくる。悲鳴をあげているのはハチで、ずっと僕に抱きついている。そうしてハチだけが怖がったままモンスターハウスを出た。

「ふぅ……まぁまぁじゃったな」

「嘘《うそ》つけ。めちゃくちゃ怖がっていたじゃないか」

「だってだって、向こうの世界のモンスターは強くてももっと愛嬌《あいきょう》がある姿なのじゃ。あんなに血がドロドロだったり、おどろおどろしくないぞ！」

某ドラゴンを退治するＲＰＧのスライムみたいな感じだろうか。可愛《かわい》いモンスターだらけなら一度見てみたいなと思う。

「それで、トラウマ……はなんとかなりそうか？」

「う——ん……こんなの効き目あるのかな？」

「む、そうか……。大丈夫、次の手も考えてあるのじゃ。ほら見えてきたぞ、アレじゃ！」

「ギィやぁぁぁぁぁぁぁぁぁ！」

「……」

「こーわーいー！」

「………」

「わぁぁ速すぎるー！　タースーけーテー！」

「…………」

モンスターライド。時速150キロ。ひねりや回転、急な逆走など、絶叫マシン好きに話題のジェットコースターだ。モンスター級の速度体験というだけでなく、本体もドラゴンの様な装飾でモンスターらしさを演出している。そのドラゴンの見た目に惹《ひ》かれてハチが乗ろうと言ってきたけど、やはり悲鳴をあげているのはハチで、ハチだけが怖がったままアトラクションは終わった。

「……まぁまぁじゃったな。どうじゃ？」

「うーん、あまり関係ないような。というかハチ一人で怖がってたじゃないか」

「だってだって、向こうのドラゴンはもっと優しく飛ぶぞ！　ワシが怖くないようにゆっくり、揺れずに、低いところを」

もしかしてモンスターに甘やかされていたんじゃ……。威厳が垣間《かいま》見《み》える事もあったけれど、こういう情けない所を見ると本当に魔王なのかなって思ってしまう。

「というかヨタはなんで怖くないのじゃ？」

「なんでって。ハチこそ魔王の癖に高い所が怖いの？」

「ぐぬぬ……」

「それよりもハチ、そろそろ寄席《よせ》に向かわないと遅刻しちゃうぞ」

「むぅ……。あ、ヨタ。あれ食べたい」

「あれってクレープか」

「美味《うま》そうじゃ。今日のお礼としてワシにご馳走《ちそう》するのじゃ」

「お礼って……。まぁいいや」

あまり意味がなかったけど、ハチなりに僕の事を考えてくれたから、そこは少し感謝。

「甘いのじゃ、美味いのじゃ！」

「ほら、ほっぺにクリームついてるぞ」

「ん？　ワシは食べるので忙しいからヨタが取ってなのじゃ」

「ほら……ってこれくらい自分でやれよー」

遊園地に来て、お化け屋敷とジェットコースターを楽しみ、クレープを食べる。まるでデートみたいだ。

「ヨター。美味いなぁ」

「まぁお陰で気は紛れたよ」

「なんじゃ？」

「んーん、なんでもない」

ハチに少し感謝しつつ寄席《よせ》へ向かい、楽屋仕事をしてから帰宅。師匠に一連の事を報告した。

「まぁそうだろうね」

今日の事を相談すると、師匠は微笑《ほほえ》んでそう言った。ですよねー。

「ただいつまでもこのままって訳にいかないから……荒療治を始めようか」

「荒療治？」

「僕もずっと考えていた。最初は義兄《にい》さん達の死が引っかかっているのかと思ったけれど、それはもう気持ちの中で消化しているみたいだし。でもあの時の、大人達の白い目線に晒《さら》されながら落語をするという、その恐怖体験が無意識に残っているんだろうね」

「そう……だと思います」

「だから恐怖には恐怖を……寄席《よせ》にはもっと怖い存在がいるよね」

「え、怖いって……？」

「ハチの言葉を借りるなら……モンスター、いやそれよりも怖い存在だよ」

「モンスターより怖い……？」

「寄席《よせ》の阿修羅《あしゅら》……楽三《らくざ》に相談してある」

「楽三師匠……」

一番怖い師匠の名前を聞いて、僕は背筋が凍った。

2

「おう、ヨタァ、ハチィ、来たか」

「遅くなり申し訳ありませんっ！」

楽三師匠と待ち合わせしたのは都内の料亭の前。ここの宴会場の余興として落語会があるという。うちの師匠が楽三師匠に相談したところ、ちょうどいいと今回の話があった。ハチはついでだから勉強に来いという事で呼ばれたみたいだ。コイツの事だから宴会の食事に惹かれたのだろう。

正直昨夜はロクに眠る事ができなかった。しくじる夢を見て何度も目覚めた。待ち合わせ時間より早く着いたが、楽三師匠はそれよりも早く着いていた。ただ楽三師匠は思ったよりもにこやかに迎えてくれた。相変わらずサングラスに某海賊漫画の海軍大将の様なダブルボタンのジャケットという格好で、見た目はその筋の人にしか見えないけど……

「悪《わり》ィな。今日はきらが別の落語会に駆り出されて留守でよォ」

「いえ、お待たせしてすいませんでしたっ」

「気にすんな。俺が先に着いただけだ」

「出たな、寄席《よせ》のモンスターじゃ！」

「あァん？」

ハチが軽口を叩《たた》いて楽三師匠が凄《すご》む。この師匠にこんな軽口を叩けるのはハチだけだ。

初めての時はビビッていたけれど、今ではすっかり慣れたようだ。お化け屋敷やジェットコースターが怖くて、楽三師匠は怖くないというその基準はわからないけれども。

「毎年頼まれてる宴会でよォ。普段は落語を聞くような連中じゃねェんだが、一年に一度、ここで俺の落語を聞くのを楽しみにしてるのよ」

料亭の廊下を歩きながら楽三師匠が説明してくれる。格式高そうな料亭で、中庭の池に鯉《こい》が泳いでいる。高そうな壺《つぼ》が置いてあったりと雰囲気だけで呑《の》まれてしまいそうだ。

「座敷《ざしき》での宴会で俺が一席やる事になってる。ヨタ、その前にオメェも一席頼むわ。そうだ、先に座敷を見ておくかァ」

そう言って座敷まで案内してくれる楽三師匠。こうしていると思ったより面倒見がいい師匠だ。

「月《つき》から聞いたぞ。ヨタが恐怖を感じる高座《こうざ》はないかってな。まぁそういう意味じゃ今日はうってつけかもなァ」

「は、はぁ」

恐怖って、楽三師匠だけでも怖いのに一体どんな宴会なんだろう……

お座敷はいくつもあるみたいだけど、料亭の一番奥のお座敷らしく、長い廊下をどんどん進んでいく。近付くと、この料亭に似つかわしくないガラの悪そうな笑い声が聞こえる。

「おゥ。ここだァ」

楽三師匠が襖《ふすま》を開けると……

「そんでアイツをボコボコにしてやったのよォ」

「アァ？　もう一度言ってみろや、ゴラァ！」

「おぉ、楽《らく》ちゃんが来たゼェ。面白くなかったらぶっ殺すからなァ！」

そこは広めのお座敷。奥にテーブルを重ねて緋毛氈《ひもうせん》を被《かぶ》せた高座《こうざ》があった。既に宴会が始まっていて騒がしい。その参加者の方々の会話がいちいち物騒で、人相がなんというか……楽三師匠の様な強面《こわもて》な人達ばかりだ。そっち系の人達なのか……？

「オメェらうっせェぞ！」

「よっ、楽ちゃーん！」

楽三師匠が一喝し、強面のおじさん達が喜ぶ。

「おおっ、確かに遊園地以上のモンスターハウスじゃな」

この光景を見たハチが言った一言に納得しかける。というか僕はこれからここで落語をするの……？

3

『えー、どうも隠居さん……こんちはー』

「ダーハッハッハッ」

僕が落語をやっている目の前で、厳《いか》ついおじさん達が盛り上がっている。決して僕の落語で笑っているわけではない。ただお酒で盛り上がっているんだ。三十人ほどのおじさん達が、それぞれの卓で酒を交わしつつ大声で話している。

やはり大人の前ではトラウマがフラッシュバックして思うような落語ができない。セリフは合っていても、間《ま》が辿々《たどたど》しくなってしまう。

『うちにあるのはタダじゃなくて、えー、ナダの酒だ』

「ダーハッハッハッハッ」

「お、これは美味いのじゃ」

「おう、嬢ちゃん。いい食いっぷりだねぇ。どんどん食え！」

「アンコはないか？」

そしておじさん達に混ざってハチがドカ食いしている。ピンクの目立った髪の色のおじさんがハチを煽《おだ》てて食べさせてるぞ。ハチは楽三師匠に『宴席で客を楽しませておけ』と言われてその一卓に混ざっていて、今では完全に打ち解けている。

気楽なハチに比べて、僕は楽三師匠が三十人も目の前にいるようで、気が重い。


『どう見ても、タダでございます』

なんとかサゲのセリフを言って降りる。大人を目の前にした上に、彼らが厳つい容姿なのもありダブルで怖かった。高座《こうざ》を降りて、宴会場の外にいた楽三師匠に挨拶する。


「お先に勉強させていただきました」

「おゥ。誰も聞いてなかったじゃねェか。もう一回やってきなァ」

「へ？」

誰も聞いてなかった前座《ぜんざ》の高座《こうざ》を繰り返す意味はあるのだろうか……？

「へ、じゃねェ。行けイ！」

「は、はい！」

「おゥ、ネタは何をやる気だ？」

「今は『子ほめ』だったので……じゃあ今度は『寿限無《じゅげむ》』をやります」

「ダメだ。ちゃんと聞かせられるまで『子ほめ』をやりなァ」

「え……はい……」

言われて高座《こうざ》に上がる。降りてすぐ上がるのも、同じネタを繰り返すのも初めてだ。

『どっ……どうも、隠居さん、こんちはー』

「ダーハッハッハッ」

「えびふりゃー。美味いのじゃ」

「嬢ちゃん……食うねぇ……」

やはり誰も聞いていない。そしてハチは食べるのに夢中になっている。ピンク髪のおじさんがその食べっぷりに若干引き始めている。

『どう見ても、タダでございます』

結局一回目と変わらないまま高座《こうざ》から降りてきた。

「勉強させていただきました。誰も聞いていませんでしたが……」

「もう一回だなァ」

「ええっ！　でもどうしたら……」

「でもじゃねェ！」

「は、はい……行ってきます……」

「おゥ、待ちな。オメェは落語をする時に何を考えている？」

「え、えーと……何を……あっ、目の前のお客さんが楽しんでいるのかなとか……江戸の情景を想像したり……自分にも、お客さんにも落語の世界が見えるように……」

「わかってんじゃねぇか。俺達は落語をしながら色んな事を考えなくちゃならねェ。今のオメェは語りは上手《うめ》ェが口先に頼りすぎてる。ただ流暢《りゅうちょう》に語っているだけだ。まずはオメェなりに江戸の世界を創ってみろ」

「は、はい！」

　理解できた様なできなかった様な。今の僕にできる事は江戸の情景を想像する事だろうか。そこに意識を集中する。目の前のお座敷が、強面のおじさん達が意識から消えて、江戸の長屋に見えてきた。江戸っ子達が僕の頭の中で歩き回っている。江戸の世界に入り込めた。こうなれば客席が大人でも関係ない。落語の世界に入り込んで噺《はなし》を進める。

『どう見ても、タダでございます』

　落語の世界に入り込んだお陰で、つっかえる事もなくサゲまで行けた。さっきよりはマシだったんじゃないかな。

「おゥ、もう一回だァ。前よりダメだったなァ」

「ええ？」

「今のは自分の世界に入り込んで客を置いてっただけだ。そこだけに集中しちまってる。ただの自己満足な高座《こうざ》じゃねェか」

確かに……。僕は落語の世界を想像する事だけを意識して、客席を全く見てなかった。それじゃあ意味がない。落語はお客さんの反応があって初めて成立する。

「落語ってのは想像力の芸だ。さっきの高座《こうざ》を見るに、江戸の世界観は充分できている。ただ目の前の客を無視しちまってるのが良くない。オメェが創った江戸の世界に客席の奴《やつ》らを巻き込むんだ。あいつらを江戸の住人と想像して、世界に引き込む。そこまでできれば上々だ」

「客席を江戸の世界に巻き込む……。わかりました……」

言われて四度目の高座《こうざ》に上がる。そんな風に考えた事はなかった。落語の世界の住人と思えば怖くないんだ……。そう思いながら語り始めた。

『お、向こうから人が来たよ。あ、どうもー、しばらくですな』

『え、あなた……どなたですか？』

『あら、あんたアタシの事を知らない？　そういやこっちも知らないや』

想像力をフルにして、客席のおじさん達が江戸の世界の住人に見えるように想像する。

落語の世界を想像し、更に、自分は主人公の八五郎《はちごろう》、客席のおじさん達は江戸の世界の住人——八五郎が出会う江戸っ子達……そう思う様にした。

『まぁなんでもいいや、一杯飲ませろしみったれ！』

『なんだこのヤロウ！』

自身の想像力をフル活用して、客席のおじさん達が江戸の住人だったらどんな反応をするかとイメージする。おじさん達にも、落語の人物に共感して世界に入り込んでもらうように掛け合いをしてみる。段々とおじさん達が江戸の町人に見えてきた。

（やっぱり……怖くない……）

そうだ、客席が落語の住人だと思えば怖くはない。

『あんたのお顔はまっ黒だ……まるで炭みたい。焼けこげた？』

『変な事言うなよ！』

そしておじさん達も自分が落語の世界に入った気分になっているようだ。僕が演じる八五郎のバカさ加減を見て笑っている。八五郎と話す江戸っ子になった気分になり、心の中で突っ込んでいるかもしれない。

『この赤ん坊は……随分老《ふ》けてるねぇ。禿《は》げてるし、入れ歯で』

『それはうちの爺《じい》さんが昼寝してるんだよ！』

「ダーハッハッハッ」

大きな笑いが聞こえた。これまでとは全く違った反応。上手《うま》くおじさん達を取り込めた気がする。

『どう見ても、タダでございます』

（緊張せずできた……のかな？）

『子ほめ』のサゲまで辿《たど》り着いた。今日初めてもらった拍手の音にホッと胸を撫《な》で下《お》ろし集中を解くと、町人達は元のおじさん達に見えた。

「いやぁ、なかなか面白かったな」

「おう、堂々としてたなぁ」

おじさん達が口々に感想を言っているのが聞こえる。高座《こうざ》から降りて宴会場を出ると、楽三《らくざ》師匠が廊下でずっと聞いていてくれた様だった。

「勉強させていただきました」

「やりゃあできるじゃねェか。まぁまだまだ及第点だがな」

そう言って高座《こうざ》へ向かう楽三師匠の背中はいつもより大きく見えた。

『オメェら。待たせたなァ』

「待ってました！」

「楽《らく》ちゃん！　たっぷり！」

楽三師匠が高座《こうざ》に上がり挨拶をするだけで、大いに盛り上がる客席。本当に楽しみにしていたみたいだ。皆前のめりになっている。

『えー喜瀬川花魁《きせがわおいらん》、喜瀬川花魁』

楽三師匠のネタは『お見立《みた》て』。

田舎者の杢兵衛《もくべえ》が吉原《よしわら》の喜瀬川花魁に惚《ほ》れ込むが、花魁は杢兵衛が嫌い。花魁は店の喜《き》助《すけ》に頼んで花魁は死んだと嘘《うそ》をついてもらい、杢兵衛を追い返そうとするが……という噺《はなし》。

『花魁おっちんだのかぁ？』

『へい、貴方《あなた》に恋《こ》い焦《こ》がれるあまり亡《な》くなったのでございます！』

「あーはっはっ、楽ちゃんサイコー！」

遊び人の楽三師匠は吉原の表現があまりにも上手く、田舎者の芝居も可笑《おか》しい。ツボにハマり、客席のおじさん達が爆笑している。こういう笑いの多い廓噺《くるわばなし》をやらせたら、うちの師匠でもそう敵《かな》わない。大爆笑の圧巻の高座《こうざ》を袖から勉強させていただいた。

「お疲れ様でした」

楽屋で真打《しんうち》の着物を畳むのも前座《ぜんざ》の仕事だ。楽三師匠の高座《こうざ》後に別室の楽屋で楽三師匠の着物を受け取る。

「おゥ」

「どうだった、今日はァ?」

「楽三師匠に言われた事をヒントにして、客席を江戸の住人に見立てて巻き込んだら殆《ほとん》ど緊張しなくなりました。集中しすぎていつもの何倍も疲れましたが……」

「まぁ緊張しなくなったのはいい事だ。だがそれだけで神経をすり減らしてちゃまだまだ。いつでも当たり前にできるようになりな」

「は、はい」

「とっくに技術は出来上がってる。要は気の持ちようだァ」

楽三師匠はそれを体感させるために僕を何回も高座《こうざ》に上がらせたんだ。

「ありがとうございました。僕の事は、うちの師匠からどこまで聞いたんですか……?」

「あァ、安心しろィ。プライベートは詮索しねェ。月《つき》からはオメェが大人の前で緊張しちまうって事しか聞いてねェよ。この会は度胸試しでちょうどいいかと思ってよ。ま、ヨタは語る技術は充分だなァ。さすが月がよく仕込んでやがる」

「ありがとうございます!」

「アイツらは一回聞く気になったらノリがいいから付いてきてくれたが、もっと色んな客に合わせてやらなくちゃならねェ。自分と客席を冷静に見る。なんていうか……俯瞰《ふかん》して見える様になりゃァな」

「俯瞰して見る……」

うちの師匠にもよく言われる。落語をする時は、お客様を見る目、落語の世界を創造して見る目、そしてそんな自分を高い所から見下ろす様に俯瞰して見る第三の目が必要だと。

「まァそれはキッカケでもなきゃなかなかできるモンじゃねェ。追い追いだな。本当は師匠の月が教える事だが……まぁアイツなりの指導方針があるんだろう。自分で気付かせる教え方ってェかな」

そう、うちの師匠は背中で語る。一見優しいようで、気付けないとそのままで終わってしまう。ある意味で楽三師匠より厳しいかもしれない。

「まぁ今日の仕事は終わったァ。こっからは飲むぞォ」

「は、はい。僕はジュースしか飲めないですけど」

楽三師匠は大酒飲みだから打ち上げのお供が大変そうだ。ハチの方が意外と気が合うかも……

「そうだ、宴会場でハチが失礼はなかったかな……」

「ら、楽ちゃーん」

楽三師匠と一緒に宴会場へ戻ろうと廊下を歩いていたら、宴席にいたおじさんの一人が慌てて駆けてきた。

「どうしたィ？」

「あ、あの大食いの女の子が、連れて行かれちまったんだよ」

「大食いの女の子って……ハチだ！　連れて行かれた……？」

「誰がそんな事しやがったィ？」

「く、組だよぉ。牡丹組《ぼたんぐみ》の奴が紛れてたんだ」

牡丹組。任侠《にんきょう》の組だろう。そして楽三師匠にはそんな所と関わりがある……？

先ほどの宴席にそこの若い衆が紛れ込んでいて、いつの間にかハチが連れて行かれたらしい。ハチは異世界から来た魔王で威勢は良くても、今は力の弱い女の子なんだぞ……

「なんでハチが連れて行かれたんでしょうか？」

「俺の弟子と間違えたのかもなァ。返してほしくば言う事を聞け……とかなァ」

「そんな！　警察に連絡とかは？」

「それは最終手段だな。入ったばかりの前座《ぜんざ》が警察沙汰に巻き込まれたとあっちゃ進退問題に関わらァ。俺の落語会であった事は俺がなんとかしてやらァ」

それは確かにそうなのかもしれないけれど……

「牡丹組の奴らは何かと俺に喧嘩《けんか》売ってきやがる。うっし、取り返しに行くわァ」

話を聞いていた楽三師匠はそう言って立ち上がる。

完全に任せた方がいい状況だ。僕にできる事はない。でも……

「ぼ、僕も連れて行ってください」

「あァ？　おめェに何ができる？」

「何もできないかもしれませんが……僕は……ハチの兄弟子《あにでし》なんです！」

そう、兄弟子《あにでし》だから。ハチに何かあったら僕が助けなきゃいけないんだ。楽三師匠は暫《しばら》く僕をじっと見ると、ニヤッと笑った。

「へっ、男の顔してるじゃねぇか。よし、行くぞォ」

「はい！」

待ってろよハチ。いま助けに行くからな。

4

楽三師匠とタクシーで移動した先は、いわゆる事務所のような建物。ここが牡丹組の事務所なのか。外から見ると二階が明るい。そこにハチがいるのかもしれない。

楽三師匠と建物の階段を上がると扉があり、そこには牡丹組と書いてあった。

「鍵が閉まってます！　どうしますか？」

「こうすりゃいいんだよォ！　おらァ！」

楽三師匠が扉を蹴飛ばし強引に開けると、そこは事務所の広間だった。

事務所中央のソファにスーツを着た怖そうなボスらしき男が一人座り、その後ろには二十代くらいのやはり厳《いか》つい男が五人立っていた。その中の一人に見覚えがある。先ほどの宴席でハチの側《そば》にいたピンク髪の男だ。あの男がハチを攫《さら》ったのか？　そして事務所の奥に……

「ヨタっ！」

「ハチっ！」

ハチが両手両足を縄で縛られて捕まっていた。

「おゥ。なんのつもりだィ！」

楽三師匠がボスらしきスーツの男に凄《すご》む。スーツの男は楽三師匠と同年代だろうか。黄色い丸サングラスの奥の目を怪しく輝かせてニヤッと笑った。

「あーら、楽ちゃん。何って……い・や・が・ら・せ」

「てめェ。まさかここまでするとは……」

「するさぁ。楽しんでもらえたかぃ？」

そう言って笑うスーツの男。愉快犯……という奴か。楽三師匠と何があったか知らないけど、嫌がらせの為《ため》にハチまで巻き込んで……

「ハチを返してくださいっ！」

「ん、お前は？」

「僕は……浮乃家陽太《うきのやようた》。その子の兄弟子《あにでし》ですっ！」

正直怖い。足がガクガク震えてちびりそうだ。だけど妹弟子《いもうとでし》のピンチに兄弟子《あにでし》が戦わなくてどうする。

「浮乃家……この娘《こ》は楽ちゃんの弟子じゃなかったんだ。で、浮乃家ねぇ。あのお高くとまった芸風で名人ぶってる奴か」

スーツの男はハチを攫ったばかりか、師匠までバカにした。僕が誰よりも尊敬する師匠への暴言に怒りが込み上げてくる。

「ハチを返してくださいっ！」

「よその前座《ぜんざ》には用はないよ。前座《ぜんざ》なんて落語かじった程度のガキだろう。大した落語もできないボウヤじゃ金にもならない。帰りな！」

「ヨタのラクゴは凄いのじゃ！　さっきだっていいラクゴをしてたのじゃ！」

スーツの男に僕が言われているのが我慢ならなかったのか、ハチが叫んだ。

そうだ、僕にできる事は落語しかない。だったら……

「だったら……僕の落語を聞いてください！」

「へぇ……それで？」

「それで……僕の落語を認めてくれたら……ハチを返してください！」

怖くて震えながらも僕は啖呵《たんか》を切った。スーツの男は暫く僕を睨《にら》んでいたけれど、やがてニヤッと笑った。

「……面白い。いいよ。前座《ぜんざ》ごときの落語でこっちを満足させられたら、この娘を返してやろうじゃないの」

向こうは前座《ぜんざ》だからと完全に舐《な》めている。前座《ぜんざ》でも、僕は毎日寄席《よせ》で修行している落語家なんだ。師匠から受け継いだ浮乃家の落語を見せてやる！

「ヨタァ。すまねェ。アイツは言い出したら聞かねェ。落語を聞いて満足するまで、ハチは返さねェだろう」

「大丈夫です。兄弟子《あにでし》の僕がやります。楽三《らくざ》師匠、やらせてください！」

若い衆がどこからか持ってきた座布団《ざぶとん》をソファ正面の机の上に置く。簡易的な高座《こうざ》の出来上がりだ。僕が事務所の扉の前で気持ちを作っていると、楽三師匠が耳打ちした。

「いいか、さっきの高座《こうざ》を思い出せ。江戸の世界を創造し、そして客席を巻き込め。もう大人は怖くないはずだァ」

「はい、大丈夫です」

僕はいつになく集中していた。大人が怖いという意識はない。ただハチを助けたい……それだけで頭がいっぱいだった。

「ただ焦《あせ》るなよォ。世界を創る、客を巻き込む、そしてそれを俯瞰する。そこまでできりゃオメェは負けやしねぇ！」

「はいっ！」

高座《こうざ》に向かって歩きながらハチの方を見る。突然僕の前に現れた異世界の魔王。魔王だけど威厳はなく、偉そうだけど愛嬌《あいきょう》があって、落語を知ったばかりなのに独特の可笑《おか》しみがあって、生意気なのに可愛《かわい》い僕の妹弟子《いもうとでし》。ハチを助ける事を考えたら、神経が研ぎ澄まされてきた。

「我は落語の……魔王なり……」

集中を高めるためにふと呟《つぶや》いたのは、配信前のルーティンの言葉だった。

本来なら出囃子《でばやし》がかかるところを無音で高座《こうざ》に上がり、座布団に座る。お辞儀をする。そしてハチを助けるため……一時ハチを頭から追いやった。

ここから創るのは落語の世界。僕にできる事を全て魅せる。

演目はちょうどおあつらえのネタがあった。二ツ目《ふたつめ》昇進に向けて仕込んでいた、江戸っ子が悪党を成敗するあの噺《はなし》。

『たがや』だ。

5

『江戸の名物に花火というものがございまして……』

丁寧に、丁寧に、枕の説明から江戸の世界を描写していく。

『上がった、上がった、上がったー。たーまや――――。長く長く尾を引いて褒めるのが花火の褒め言葉』

少しずつ自分の目の前に江戸を創り上げていく。自分に見えない物はお客さんにも見えない。

『安永《あんえい》年間五月二十八日が両国の川開き。当日になりますと近郷近在《きんごうきんざい》からワーッと見物人が押し寄せて橋の上は爪も立たないくらい……』

目の前のボスや若い衆、後ろで見守ってくれている楽三師匠を江戸の住人と思ってイメージしていく。そして、僕が見ている江戸の世界に客席を巻き込んでいく。

『たがや』は、横暴な侍を、桶《おけ》の箍《たが》を作る職人、庶民であるたがやが成敗する噺《はなし》だ。

この噺《はなし》のクライマックスはハネられた侍の首を花火に見立てたオチ。最後の爽快感だ。たがやと侍の立ち合いを見守る野次馬と同じ気分になり、オチでスカッとさせたらこちらの勝ちだ。だけど今回はアイツらに爽快感はやらない。ボス、若い衆を侍に見立てる。

僕がこの落語を通してアイツらを懲らしめる。

『えーい、よれよれ、よらぬかー』

『おうっ、何をしやがるんでぃ』

侍がたがやを突き飛ばす。嫌な侍を若い衆の一人に見立てる。

先ほど見た若い衆のちょっとした仕草、口調を、彼が侍になったら……とイメージして喋《しゃべ》る。当の本人、そして周りも気付いたようだ。

僕の目から見て、若い衆の姿と侍の姿が重なって見えてくる。もう少しだ……

『斬る？　おもしれぇ斬ってもらおうじゃねぇか。おぅ首からか？　肩からか？　ケツからか？　斬って赤くなかったらお代はいらねぇスイカ野郎ってんだ。斬れ斬れ斬れ、斬りやがれー！』

たがやが啖呵《たんか》を切り、侍がたじろぐ。侍同様にたじろぐ若い衆。ボスはただじっとこちらを見据えている。やっぱり強敵だ。

『トントントンとのめっていく後ろから、侍の刀を拾ってどっこいしょ〜、これが袈裟懸《けさが》けに決まりまして、血煙を上げて侍が倒れます』

「うわっ！」

刀を振りかぶる仕草をすると、若い衆の一人が自分が斬られたと錯覚して声をあげる。完全に世界に入り込んでるようだ。さぁここからボス戦だ。

『たがや、やるじゃねぇか』

『侍なんかやっちまえー』

楽三師匠とハチが見守ってくれてるはずだ。二人の応援の気持ちをたがやを応援する町人のセリフに置き換えて語る。うん、しっくりくる。

『馬上のお侍は馬よりヒラリと降りますと槍《やり》を取ります。鞘《さや》を払いまして石突《いしづき》をトン。二度三度りゅうりゅうと扱《しご》きますと、下郎推参《げろうすいさん》……と構える』

この噺《はなし》のラスボスにあたる侍が戦闘態勢に入った場面。もちろん牡丹組《ぼたんぐみ》のボスに見立てる。ボスが槍を構える所はもちろん見た事はないが、この男が侍だったらこうするだろうなというのをイメージして創造する。目の前のボスが少しずつ侍のボスに重なって見えてくる様に集中、集中……

「へっへっへ……こんなもんじゃまだまだ……」

牡丹組のボスが額に汗を垂らして呟いた。もう一押しだ！　更なる集中を……

――僕は落語が世界で一番楽しいものだと思っているんだよ――

いつかの師匠の言葉が脳裏によぎる。師匠がそう教えてくれて、今では僕もそう思っている。

――ヨタのラクゴは凄いのじゃ！――

今度は一時頭から追いやったはずのハチの言葉が脳裏によぎる。魔王で生意気だけど可愛いところもある、たまにしか兄《あに》さんと言ってくれない妹《いもうと》弟子《でし》を僕が助けるんだ……！

その時だった。自分の精神が身体《からだ》から離れたような。幽体離脱したようなそんな感覚に包まれた。

（あれ……？）

（僕が……見える……？）

事務所を見下ろす神の視点が見えた。これは自分が見ているのか……？

今まで通り、目の前の客席、牡丹組の連中も見えている。そして自分が創造した江戸の世界も見えている。そこに、そんな落語をしている自分や聞いている牡丹組、そして楽三師匠やハチまで、事務所全体を見下ろす第三の視点が追加された感じだ。

これが俯瞰《ふかん》する……こういう事だったのか！

集中を研ぎ澄ませている内に、これまでできなかった事ができるようになったんだ。

頭上から見下ろす目は、これまで見えていた目の前の景色や創造した世界だけではなく、自分自身を客観的に見る事ができる。まるでスローモーションのように。

（僕の創った世界に、ここにいる全員が入り込んでくれている。それが手に取るように見える。落語でこんな感覚は初めてだ！）

そう、配信をしている時に、色々な角度のカメラアングルを同時に映し出す感じに近いか。目の前の牡丹組や楽三師匠、ハチを見ている視点を現実カメラ、僕が創造した江戸時代の落語の情景を見ている視点を江戸カメラ、そしてそんな様子を第三の視点で見下ろす神の視点を神カメラと名付けようか。

三つのカメラをガチャガチャ切り替えるイメージを定着、定義付ける事によって脳内でそれぞれのカメラがくっきりと見えた。

普段魔王として配信している僕だからできる、俯瞰した視点だ！

6

『侍がジリ、ジリ、ジリと詰め寄ると、たがやさんは肩で大きく息をしながら一歩、一歩と下がっていく……』

現実カメラで見る。

「おっかねぇ……」

「ボスぅ……」

若い衆は噺《はなし》に入り込んでいるようで、固唾《かたず》を飲んで見ている。ボスの表情は変わらない。

江戸カメラで見る。橋の上で追い詰められているので、すぐ後ろに橋の欄干《らんかん》が近付いているのを感じる。

神カメラで見る。緊迫する場面とはいえ、肩に力が入りすぎているように見える。セリフの合間で一瞬フッと息を吐き力を抜く。

再び現実カメラで見る。ほんのミリ単位で息を抜いた効果か、ボスが少しだけ噺《はなし》に前のめりになるのを感じた。

脳内でカメラを瞬時に切り替える感覚で、適宜《てきぎ》修正しつつ落語を語っていく。

『大刀《だいとう》の柄《つか》に手が掛かります。スラリ抜き、大上段に構える』

牡丹組のボスが刀を振りかぶるところをイメージして仕草をする。

神カメラで見る。上手《かみて》と下手《しもて》の双方からよく見えるように、もう少し手を上げた方が見《み》栄《ば》えがいいな。

江戸カメラで見る。いかにも強者な侍が目の前に見える。

現実カメラで見る。牡丹組ボスは侍ボスに感情移入しているのか、優勢にニヤッと笑う。

こちらの思惑通りだ……

『前へ出ましたたがやさんがバーッと殴る様に払いました一刀……』

侍ボスの隙をついたたがやの逆襲。

「き、きたっ！」

現実のボスも思わず声をあげる。

たがやの刀の払い方は？　たがやは素人《しろうと》だ。刀を振るう事しか考えていない。形なんか考えるな。刀を侍ボスの、牡丹組ボスの首を落とす事だけを考える。

ジッとボスの首を見る。この時、三つのカメラの焦点がピタッと重なる様に感じた。

たがやの侍への反骨心、僕の落語への想《おも》い、ハチを助けたいという気持ち。全てを込めて……首を……払うっ！

『侍の首が中天高くスポーン。たーがやー』

サゲのセリフを言った途端に、プツンと電源が切れる様に現実に戻った。視点は一つだ。

目の前のボスを見たら、首を押さえていた。

「首は……？」

自分の首が斬られたと錯覚したのか、何度も確かめていた。

「ハァッ、ハァッ、どうだ……」

「へっ……負けたよ」

「認めて……くれましたか……」

ボスがニヤッと笑い、負けを認めた。僕はもう疲労困憊《ひろうこんぱい》だった。

「ヨター。す、凄《すご》いのじゃ。凄いのじゃ」

高座《こうざ》から降りてフラフラしていたら、ハチが半泣きでこちらへ駆け寄ってきた。

「ハチ……良かったよぉ……」

「な、なんじゃ。ヨタが涙ぐんでどうするのじゃ！」

ハチの顔を見たら気が抜けて泣きそうになってしまった。

我に返るとパチパチパチパチ……と拍手が聞こえる。隅で見守ってくれていた楽三《らくざ》師匠だけじゃない。若い衆が、そして牡丹組のボスまでが拍手してくれていた。

「おい、ヨタァ」

楽三師匠に思いっきり肩を抱かれて言われた。

「合格だァ」

「え……？　楽三師匠、合格ってなんですか？」

何が何だかわからない僕が聞くと、楽三師匠はポリポリ頰をかきながら牡丹組をチラッと見た。すると若い衆が全員バッと土下座をした。

「すっみませんでしたー」

「は？」

僕が戸惑っていると、ボスがサングラスを外して言った。

「悪《わり》ぃなボウヤ。まぁ簡単に言うと……ドッキリなんだわ」

「えっと……なァ」

7

牡丹組——悪役専門の役者だけが所属する演劇集団。任俠《にんきょう》映画の脇役を頼まれる事もある役者達だけで集まって作った劇団らしい。ここはヤクザの事務所じゃなくて、劇団の事務所かつ稽古場。どうりで座布団《ざぶとん》なんかあるわけだ。ボスは座長、若い衆は劇団の若手との事。
そして僕の度胸試しにと、先ほどの宴会場での高座《こうざ》だけじゃなく、楽三師匠が馴染《なじみ》の劇団に依頼して、更に怖い人達の前で落語をやらせたという事だ。どうりですぐ警察に通報しなかったわけだ。最初から通じていたんだから。

「いやァ、俺としてはコイツらが宴会場に突然乗り込んできて、そこで落語をさせる段取りだったんだけどよォ」

「それだけじゃつまらんでしょ。だからアドリブで誘拐劇にしたってワケさ」

ボスの急遽《きゅうきょ》の路線変更に、楽三師匠も乗っかった訳か……。

「でも、それでハチに怖い思いをさせるなんて……」

「いんや、この娘《こ》にはちゃんと説明したよ。お菓子あげるからって言ったらホイホイ付いてきた。ヨタちゃんの落語が終わるまでしばらく芝居に付き合ってねって」

「は？　ハチ知ってたの？」

「ゴメンなのじゃ……」

こいつは……。いつか本当に誘拐されたらどうする。

「全く、心配したんだぞ」

「うん……。でも、さっきの『たがや』はカッコ良かったのじゃ」

そう言って満面の笑みを浮かべるハチ。そんな顔で褒められたら怒るに怒れないじゃないか。

「ヨタァ。さっきの『たがや』は良かったぞォ。想像以上だァ」

楽三師匠が僕の肩を抱き褒めてくれる。顔は怖いけど、心なしか嬉《うれ》しそうだ。

「極限まで集中したら感覚が変わっただろォ。多分今まで見ていた視点だけじゃない視点が見えたはずだァ。見え方は人それぞれだがなァ」

確かにこれまで意識していない視点を手に入れて、それを思考で切り替えたり同時に見たりと、自分なりに定義付けた。

「今日はお膳立てしたが、その感覚を忘れるなよォ。いつでもできるようにするんだなァ」

「はい、ありがとうございます」

「今日は気分がいいやァ。おィ、飲み行くぞ！」

「へへ、その誘いを待ってたよ楽《らく》ちゃーん。じゃあ、ヨタちゃん。さっきの高座《こうざ》凄かったよ。首斬られたかと思っちゃった。今度は寄席《よせ》で聞けるのを楽しみにしているよ。じゃあね」

楽三師匠の声かけで牡丹組《ぼたんぐみ》の人達が飲みに繰り出す。僕とハチは置いていかれた。

今日は本当に大変だったけど、それ以上に得るものが多かった。あの感覚を忘れないようにしなきゃ。

隣には、いつもの僕の妹《いもうと》弟子《でし》。生意気だけど愛嬌《あいきょう》のある、魔王で落語家で妹《いもうと》弟子《でし》。

「ヨタはやっぱりアニデシなのじゃ！」

「どうしたんだ、急に」

「今日もワシを助けてくれた。それにヨタの今日の『たがや』を見て、またラクゴの楽しさを知ったのじゃ。ワシももっとラクゴを頑張るのじゃー」

そう言って走り出すハチ。僕の高座《こうざ》が少しでも刺激になっていたなら嬉しい。

ドッキリではあったけれど、僕は今までで一番の高座《こうざ》ができた。楽三師匠のアドバイスもあったけれど、ハチを助けたいと思う気持ちがきっかけで僕は変われたのかもしれない。

ハチのお陰で僕は真に高座《こうざ》に向き合えるかも……

「ハチ……ありがとう……」

8

その数日後。某ホールでのうちの師匠と楽三師匠の二人会《ににんかい》の前座《ぜんざ》仕事を頼まれた。早めに着いた楽屋で師匠と話していると、先日の騒動の話になった。

「楽三が来たら改めて先日のお礼しないとね。でもヨタなら乗り越えられると思ったよ」

そう言ってニコッと笑う師匠。やっぱり僕の事を考えていてくれたんだ。

「今日の高座《こうざ》ではその『たがや』をやっていいから」

「は、はい！」

その師匠の言葉が僕をまた一つ認めてくれたようで嬉しかった。気分が良くなり鼻歌混じりで開演前の準備をしていたら、今日一緒に楽屋に入っているきら星《ぼし》がニコニコしながら僕を見ていた。は、恥ずかしい……

「兄《あに》さん、先日は大変だったみたいですね」

「ははは、お世話になりました。でも楽三師匠の会はいつもあんな怖い現場なの？」

「ああ、常連のおじさん達ですか？　慣れれば可愛《かわい》いもんですよ」

ニコッと笑うきら星。あのおじさん達が可愛い……？　さすが楽三師匠の弟子だ。可愛い顔して結構な胆力があるのかもしれない。

「うむ、ヨタは凄いのじゃ。これからドンドン人気者になるのじゃ」

鞄《かばん》持ちで付いてきたハチが会話に割って入ってきた。あれから妙に僕を褒めるな。嬉しいけど。

「あ、そろそろ開演ですね。私も兄《あに》さんに負けないように、私なりのやり方で頑張ります！」

程なく開演。きら星は前座噺《ぜんざばなし》の『桃太郎《ももたろう》』をやっていた。そして、その次に上がる僕は、師匠と、もちろん楽三師匠の許しを得ていたので『たがや』をかけた。

本来なら前座《ぜんざ》では覚えても高座《こうざ》にかけられない噺《はなし》、だけど今回はお墨付きがある。

高座《こうざ》に上がり客席を見る。もう何も恐れはなかった。語りながら集中力を高めると、まず客席がクリアに見え、目の前に江戸の世界が見え、そして神の視点が見えた。

先日体感した三つのカメラを使いこなせている。

『前へ出ましたたがやさんがバーッと殴る様に払いました一刀……』

客席で皆が食い入る様に見てくれている。先日の牡丹組の座長の様に自分が斬られる事を想像してか、首を押さえている人もいる。いいぞ、客席を巻き込めている。絶好調だ！

『たーがやー』

客席から大きな拍手。高座《こうざ》から降りると、舞台袖ではうちの師匠と楽三師匠も拍手してくれていた。

「この間と同じくらいいい出来じゃねえか。俺も負けてらんねェな」

すれ違いざま褒めてくれて、そのまま高座《こうざ》に上がる楽三師匠。

「ヨタ、いい出来だったよ」

うちの師匠もニコッと笑って褒めてくれた。

「兄《あに》さん、凄いです！　流石《さすが》です！」

「ヨタのこのラクゴは大好きなのじゃ！」

僕の前に上がったきら星、そしてハチも興奮した様子で褒めてくれた。イケる！　『たがや』は先日のものにも負けない出来だった。

その後も番組は進み、トリでうちの師匠が上がり、大盛況のまま終演した。終演後に楽屋で僕が着物を畳み、ハチがお茶を汲《く》んでいる。

「いやぁ、今日の陽太《ようた》くんの高座《こうざ》良かったねぇ。暫《しばら》くは調子悪かったみたいだけど、天才前座《ぜんざ》復活って感じだね。もう二ツ目《ふたつめ》昇進も近いんじゃないの？」

「ははは、どうでしょう」

落語評論家の長瀬《ながせ》先生が楽屋を訪ねてきた。師匠に僕の高座《こうざ》の感想を言ってくれている。あの先生は滅多に若手を褒めない事で有名な人だ。どこかで記事にしてもらえたら嬉しい。そのくらいに今日の『たがや』は自信があった。これからは学校寄席《よせ》ばかりではなく、大きなホール落語会にも呼ばれるようになるかもしれない。

「あのー、すいませんー」

「はい、えっと、どちら様でしょうか？」

「これは光月《こうげつ》師匠、初めまして。ワタクシ、東京テレビの者でして……」

また楽屋に人が訪ねてきた。以前、師匠のお供で付いて行った時に見た事がある。テレビ局のプロデューサーで、落語関連の番組企画をしている賀淵《がぶち》さんだ。

「光月師匠、今日はお疲れ様でした。実は……お弟子さんにうちのテレビへの出演オファーをしたくてですね……」

「弟子の……。うちの弟子はまだ前座《ぜんざ》ですが……？」

「お話だけでも聞いていただきたく……」

「はぁ……ヨタ―」

ずっと聞き耳立てて聞いていた。テレビのオファー？　僕の今日の高座《こうざ》はそこまで評価してもらえたという事か。前座《ぜんざ》の身で寄席《よせ》もあるし、テレビに出られるかはわからないけれど、依頼があるだけでも嬉しい。多くの人に落語を見てもらえたらいいな……

「ありがとうございます。前座《ぜんざ》で寄席《よせ》があるのでテレビに出られるかはわかりませんが、機会がありましたら……」

内心の喜びを隠しきれず、僕がプロデューサーに近づくと……

「あ、ごめん。君じゃなくてアチラの……」

そう言ってプロデューサーが目を向けたのは……


「え？　ワシなのか？」

なんと今日は高座《こうざ》にも上がっていない、そして今は僕らの目を盗んで楽屋の饅頭《まんじゅう》をつまみ食いしていたハチだった。

春風亭吉好の落語解説

その伍 寄席以外の高座

　落語家はホームグラウンドである寄席の他にも様々な場で高座に上がります。
　そのいくつかを紹介します。

●ホール落語会

区や市などのホールを利用した落語会。だいたいは数百人のお客さんが入るキャパシティ。昼席から夜席まで数十人の落語家が上がる寄席と比べて、真打一人の独演会や、五人前後の落語家が上がる落語会など、演者が厳選される。

●学校寄席

小学校〜中学校〜高校などで、授業の一環として行われる落語公演。学生でも分かりやすい前座噺をかけたり、落語の基本的な解説をしたりもする。学校の体育館でやる事が多いが、中にはホール施設を貸し切った公演もある。

●地域寄席

各自治体などが主催する落語公演。その地域の出身の落語家が呼ばれ、開催されることが多い。会場の規模は、小さい和室からホールまで様々。中には伝統的に数十年間も続いているような地域寄席もある。

その他にも、居酒屋やカフェでの落語会、結婚式の余興、イベントの司会、テレビやラジオのパーソナリティーなど、落語家の仕事は様々。前座は（寄席をなるべく休まないようにしつつ）、これらの仕事の手伝いを頼まれる事もある。

第六章　大会の魔王様

1

「おはようございます、師匠」

「おはよう、ヨタ。あ、ハチは収録があるって先に出て行ったよ」

「またテレビの収録ですか……」

僕はようやくトラウマを克服し、毎日伸び伸びと落語ができる様になった。師匠方からの評価も上々だ。

ただ身の回りでもう一つ変わった事がある。ハチだ。

先日の落語会でテレビのプロデューサーから声がかかり、テレビ番組のレギュラー出演が決まったのだ。あの日出番のあった、なんなら渾身《こんしん》の高座《こうざ》ができた……と思っていた僕ではなく、出番すらなかったハチにオファーがきた。前々からハチのキャラクターに注目していたらしい。

落語家は寄席《よせ》が、落語会が本分だと思うので、テレビにどうしても出たいという気持ちはない。でもハチに先を越されたのは悔しい。地道にやってきた事が認められたと思ったら、落語を始めてすぐのハチの方が注目されるなんて。

確かにハチはキャラクターだけじゃなく、その独特な落語でファンを増やしていった。

「いいねぇ、あのハチちゃんって娘《こ》。明るくてさ」

「そう、フラもあるっていうか」

そんな落語ファンからの声もある。元々独特の可笑《おか》しみ――フラがあった。喋《しゃべ》るだけで雰囲気を作る、思わず笑ってしまう。語りの上手さ以外でそういったフラを評価される芸人も多い。最近ではそれに磨きがかかって、ハチの高座《こうざ》は常に爆笑だった。笑いの量だけでならその日一番という事もあった。入って数ヶ月の前座《ぜんざ》が……だ。

うちの師匠もハチへの稽古は敢《あ》えて細かい事は言わずのびのびとやらせている。型にハマらない高座《こうざ》が奔放な魔王のハチに合ったんだろう。

評論家からは『基本がなってない。邪道だ』なんて言われていたけども、そんな評価とは裏腹にファンからの人気はどんどん高まっていった。

『ハチなのじゃ！』

『さぁ始まりました「ペットとあそぼ」。本日はアシスタントのハチちゃんと、浅草演芸《あさくさえんげい》ホールの名物ネコちゃん、チロリちゃんを取材に来ました。ハチちゃんはこのネコちゃんと仲良しなんだよねー』

『ワシの一番のファンなのじゃ！』

『それはいいですねー。ハチちゃんを見ていると、本当にネコちゃんと喋ってるみたいだよ』

『ふふふ、喋ってるかもなのじゃ。にゃーにゃーにゃー』

ハチが抜擢《ばってき》されたバラエティ番組を見てみた。最初はハチが変な事を言い出さないか心配だったけど、ハチは楽屋修行で人との距離感を学んでいたので問題はなかった。

天然でちょっと失礼で、でもそれを許せる愛嬌《あいきょう》のあるハチのアシスタントぶりは評判になり、ますますハチの人気は上がっていった。

僕はどうかと言うと、先日のうちの師匠と楽三《らくざ》師匠の二人会での『たがや』を評論家の長瀬先生が絶賛してくれて、『天才前座《ぜんざ》が復活！』なんて見出しで記事にしてくれた。

ありがたい事にそれから多くの落語会の前座《ぜんざ》として引っ張りだこになり、名人しか出られない格式あるホール落語会の前座《ぜんざ》を、ほぼ全て僕が任される事になった。そこで僕の高《こう》座《ざ》を見た師匠方から新たに依頼があったりと、芋づる式に僕の仕事は増えていった。

「お、ヨタくん。最近の高座《こうざ》いいね。二ツ目《ふたつめ》にも負けてないよ」

「ヨタの後は高座《こうざ》がやりやすくていいやな」

多くの師匠に褒められて、もう『元天才前座《ぜんざ》』なんてバカにされる事はなくなった。トラウマも払拭《ふっしょく》して毎日堂々と高座《こうざ》に上がれる。名人の師匠方の高座《こうざ》を勉強できて、充実した毎日だ。あとは二ツ目《ふたつめ》昇進を目指していくだけ……

本来の前座《ぜんざ》修行はこれでいいはずなんだ。それは自信がある。でも……早いうちからメディアに取り上げられているハチの事がどうしても引っかかる。

「ハチ、僕はこれから寄席《よせ》へ向かうけどハチは？」

「あ、今日もテレビでヨセは休みなのじゃ！」

「今日もか……」

「あ、あの娘《こ》、テレビで見た事ある娘だー」

「おー、ハチなのじゃ！」

師匠宅を出て寄席《よせ》へ向かう道中で、テレビを見たらしきファンに声をかけられるハチ。

ハチはメディア出演が増えて、寄席《よせ》を休む事が増えてきた。前座《ぜんざ》修行の内は寄席《よせ》で多くの事を学ぶべきなのに……。ただでさえこちらの世界の常識がない状態からスタートした修行だ。少しずつ良くなってきたけれど、まだまだ覚えなきゃいけない事はある。

兄弟子《あにでし》としての心配と、急激に売れて外で声をかけられる様にもなったハチへの嫉妬が入り混じり、気付けばハチと接し辛《づら》くなっていった。

「ただいまー……ってハチはまだいないのか……」

僕が寄席《よせ》から帰ってきても、まだハチはいなかった。今日は一人だし……

『愚民ども待っていたか。ギル亭魔王《ていまおう》である。我は落語の魔王なり』

——魔王様！　待ってました！——

——今日も落語聞きたいニャァ——

忙しくなり完全に不定期になっていたけど、ライブ配信は続けていた。

『今日も我の好きな落語に関して愚民どもの質問に答えてやろう』

——最近オススメの若手はいますか？——

——「ペットとあそぼ」のハチちゃんいいですよね——

——あ、ハチちゃん私も好きです——

——落語している所を見た事ないけど、ハチちゃんって落語家？——

ここでもハチの話題だった。しかも落語家ですか？　なんて言われている。テレビでは落語をする場面なんてなかった。特に一見チンチクリンなハチだと余計に落語家に見えないかもしれない。

でも知名度と言う点では、今や僕とは天と地ほど差がある。ハチはテレビ番組のレギュラー。落語を知らない多くの人にも知られている。片や僕の名前は熱心な落語ファンの方々しか知らないだろう。ハチと自分の差を感じてしまう……

「ヨタ、今日もテレビでヨセは休みなのじゃ。今日は甘味の食レポだったかな」

「そう……そんな仕事もやってるんだ。大変だね」

「んー、食べてるだけだから楽ちんなのじゃ」

「楽ちん……ふーん……寄席《よせ》を休んでそんな楽して。テレビの人気者様は気楽でいいねえ」

「むっ、なんなのじゃ、その言い方は！」

配信をした次の日の朝、ハチの言葉につい日頃のモヤモヤをぶつけてしまった。でもこうなったら止まらない。

「仕事が増えるのはいい事だ。でも殆《ほとん》ど落語の仕事じゃないじゃないか。それにハチはまだ修行を始めて半年も経《た》ってない。楽屋修行を休んでテレビに出てどうするんだよ！」

「でもテレビに出たらヨセにお客さんが来てくれるのじゃ」

それはそうだ。最近はハチをテレビで見たというお客さんが増えている。

「そういうのは二ツ目《ふたつめ》になってからでいいんだ。ハチにはまだ早い！」

「ムッカー。なんなのじゃ。自分がテレビに出られないからって！」

「テレビなんかどうでもいい。僕は師匠達に認めてもらって、沢山大きい落語会の前座《ぜんざ》をしているぞ！」

「テレビの方がもっと沢山の人に見てもらえるのじゃ！」

売り言葉に買い言葉でお互い止まらない。ハチもまた一つの真理を言っているから余計にだ。

「ワシがヨタより目立つのが悔しいんじゃろ！」

「っつ……」

痛い所を突かれて言い返せなくなってしまう。

「ストーップ。ヨタもハチも落ち着いて」

「師匠……」

僕らの口論が師匠に聞こえた様で、流石《さすが》に止められてしまった。

「ハチのテレビ出演は僕が認めている。少しずつお客さんが減っている寄席《よせ》に新しいスターがほしいと、寄席《よせ》からのプッシュがあったんだ。ただ最低限は寄席《よせ》に出てもらわないといけないから、スケジュール管理はしっかりしないとね」

「ゴメンなのじゃ……」

師匠に言われてしょぼくれるハチは僕の方を見ると……

「フン！」

口を尖《とが》らせてソッポを向いた。流石に僕にあれこれ言われたのは腹が立ったのか。僕は決して間違った事は言ってないはず。ハチが謝るまで許さないからな。

「コホン、争うなら落語家としての争いをしないとね」

師匠が咳払《せきばら》いをしてから言い出した。

「落語家が争うのは口喧嘩《くちげんか》でじゃない。落語で、高座《こうざ》の上で争わないと」

高座《こうざ》の上で争うってどうしたら……と思っていたら、師匠がまたコホンと咳払いをしてから口を開いた。

「二人とも大会に出てみないかい？　久しぶりに前座《ぜんざ》の落語を競う大会があるんだ」

「大会……？」

2

「兄《あに》さん、大会の事、聞きました？」

「ああ、清風杯《せいふうはい》でしょ？」

寄席《よせ》で準備中にきら星《ぼし》に話しかけられた。彼女も楽三師匠から聞いたらしい。

「――清風杯――二十五年ぶりに復活する前座《ぜんざ》の芸を競い合う大会……ですって」

きら星が大会のチラシを見ながら言った。二ツ目《ふたつめ》の芸を競い合う大会はいくつもあるけど、前座《ぜんざ》の大会はこれだけだ。しばらく休止していたけど、久しぶりに開催するとの事。

「うちの師匠や楽三師匠も前座《ぜんざ》の頃に参加したんだってね」

「その時は光月《こうげつ》師匠が一位、うちの師匠が二位ですって。いまだに悔しがってます。あ、向こうの連合も出るんですよね。エドラクも」

東京には落語家の団体が大きく二つある。

割と自由な気風で、古典落語だけでなく新作落語家も多い東京落語家連合。通称『トウラク』。僕らが所属するのはこちらだ。

そして伝統を重んじ、古典落語のみしか許されない江戸落語家連合。通称『エドラク』。

東京の落語家はこの二つの団体どちらかに所属する事になる。トウラクに所属していてもうちの師匠の様に古典落語の名人はいるし、伝統を軽んじているわけではない。あくまで所属一門の違いだ。

寄席《よせ》は連合ごとに顔付けされるので、違う連合の芸人と寄席《よせ》で一緒になる事はない。だけど寄席《よせ》以外の落語会で共演したりと交流はあるし、ライバル視はしても敵対しているわけじゃない。

清風杯ではトウラクから三人、エドラクから三人、計六人の前座《ぜんざ》が、師匠方や寄席《よせ》の経営者――お席亭《せきてい》、評論家の推薦で出演する事になる。

「うちからは僕ときら星と……」

「それからハチちゃんですね」

そう、もう一人は……ハチだ。

「最近のハチちゃんの人気は凄《すご》いですもんね」

「まぁ人気はね……」

確かにハチの高座《こうざ》は今ウケている。それにメディアに出始めたハチは人気もある。

今回の大会でも、前座《ぜんざ》の中で年季が上の方の僕やきら星は順当な選抜だけど、入門して半年に満たないハチは、重宝している師匠方、大会のスポンサーであるテレビ局がゴリ押ししたらしい。ハチが出る事によって出られなくなる前座《ぜんざ》からの反対、やっかみもなかった。ハチが出るなら仕方ない……と納得しているみたいだ。

一番複雑なのは僕だ。誰より近くにいる僕が一番ハチの脅威を感じている。そして先日の喧嘩から殆ど口を利《き》いていない。

「あ、ハチ……」

「フンッ」

楽屋に入ってきたハチが僕を見るなりソッポを向いて行ってしまった。

「全くハチめ……」

「まぁまぁ、今日はハチちゃんのフォローは私がしておきますから……」

そう言って、きら星はハチのフォローに回ってくれた。正直今はありがたい。

最近はハチの事が気がかりで、高座《こうざ》の集中力が落ちている気がする。

『どーも、隠居さん、こんちはー』

（あれ……カメラが上手《うま》く機能しない……？）

牡丹組《ぼたんぐみ》での高座《こうざ》以降、大人の前で緊張する事はなくなった。だけれども最近はハチへのモヤモヤがあるせいか、あの時の『たがや』ほどの渾身《こんしん》の高座《こうざ》ができなくなっている。

あの時意識できた三つのカメラが意識できない。みっともない高座《こうざ》はないけれど、いつもそこそこ止まりだ。

（多分気のせいだ。またあの時みたいにカメラを意識できるようになるさ……）

『それでは皆の者、さらばだ』

あれから二週間。寄席《よせ》からの帰宅後、久しぶりに配信をしたが、どうもハチの事でモヤッとしてしまい気が乗らない。少しだけ話して終わりにしてしまった。視聴者には申し訳ない。配信のコメントでも大会の事が話題になっていた。

「大会か……」

大会では一人二席の高座《こうざ》がある。まず持ち時間十分のショート部門と、最大二十分のフリー部門で競い合う、フィギュアスケートの大会の様なルールだ。

審査は一般公募で集まったお客さん三百名と、講評として呼ばれた落語家や評論家が十名。全員に等しく一票ずつ与えられる。芸人の票の重みが変わらないのは珍しい。

「よしっ、稽古をしよう！」

大会ではネタ選びが肝だと思う。ショート部門は一番寄席《よせ》でかけている『転失気《てんしき》』だろうか。そしてフリー部門は先日評価してもらえた『たがや』か……でも本当はやりたいネタが……、アレ……はダメか。

「ハチは何をやるんだろう……」

ハチが覚えたネタは『寿限無《じゅげむ》』『饅頭怖い《まんじゅうこわ》』『子ほめ』『やかん』『転失気《てんしき》』の五席だ。

覚えているネタ数は僕の十分の一だけど、ハチはこの五席ともで爆笑を取れる。

「シショーただいまなのじゃー」

「あ、ハチ、お帰りなさい。今日はどうだった？」

「ふふふ、凄い褒められたのじゃ！」

ハチが帰ってきて師匠と話している声が聞こえた。ハチは最近毎日遅くに帰ってくる。

前はいつも一緒だったけれど、最近はテレビが忙しいのか、殆ど寄席《よせ》で一緒にならない。今日もどうせ打ち上げか何かで遅くなったんだろう。テレビの仕事で褒められたって……ハチが落語を好きになってくれたと思っていたのに。だからこそ寄席《よせ》修行もちゃんとしてほしいのに……

複雑な心境のまま時は経ち、そして十二月十二日。本調子に戻れないまま、大会当日の朝がやってきた。

3

「師匠、おはようございます」
「シショー、おはようなのじゃ」
「はい、おはよう」

いつもの様に師匠に朝の挨拶をして朝食の支度をする。同じ空間にいるけれど、ハチとは口を利《き》いていない。師匠も様子を察してか、何も言わずにいてくれている。師匠は僕にだけ、ハチにだけと話をそれぞれに振っている。師匠の前だから表立って喧嘩《けんか》はしないが、空気が重い。

「さて、今日はいよいよ清風杯だね」

朝食を済ませ、一息ついている時に師匠が言った。

「僕はあくまで一審査員として楽しませてもらうよ。弟子だからって贔屓《ひいき》はしないし、二人以外に票を入れるかもしれない。まぁいつもの高座《こうざ》ができれば二人は大丈夫」

師匠から二人に激励の言葉。これでこちらも覚悟が決まる。

「すいません師匠、僕はお先に行ってきます」

「まだ早いけど……ヨタ……大丈夫かい？」

「はい……大丈夫です……」

「ヨタ……フンッ！」

ハチが何か言いかけていたけれど、またソッポを向いた。こうして僕らはお互い歩み寄るタイミングを逃してしまっている。師匠にまで気を使わせてしまいモヤモヤしたまま大会会場へ向かった。

○

清風杯の会場は某区民センター内のすずめホール。収容人数は三百人超で、コンサートなどの他に落語会でも使われている。客席が見渡しやすく、やりやすい会場だった。

「あ、よーちゃん」

会場に早めに来たら、入り口付近でみつきや見知った落語ファン数名と行き合った。まだ開場時間までは二時間以上あるというのに、こんな時間から来てくれるなんて嬉《うれ》しい。

「なんだかソワソワしちゃって早く来ちゃったよ。よーちゃん頑張ってね！」

「うん、ありがとう。僕はイメトレしたくて少し早く来たんだ。にしても、客側が緊張する事ないだろうに」

「だってだってー。ハチちゃんも一緒に出るんだよね。二人とも応援するから！」

「うん、ありがとう。じゃあそろそろ行かなくちゃ」

他にも来ていた落語ファンの人達から激励されてホールの中へ。集合時間は一時間後なので、まだ楽屋には他の前座《ぜんざ》も誰も来ていない。ホールのスタッフさんに挨拶をしてから、誰もいない客席を見渡す。本番のイメージトレーニングだ。万全の高座《こうざ》——あの脳内カメラがちゃんと見えるようになった時の為《ため》にできる事はしておきたい。

「兄《あに》さん、おはようございますっ」

「……」

集合時間の十分ほど前に、きら星と、後ろにムスッとしたハチが、その少し後にエドラクの前座《ぜんざ》三人が楽屋へ入ってきた。

「やぁヨタくん。先日の夕凪《ゆうなぎ》名人会以来だね」

エドラクの前座《ぜんざ》の一人、扇家風太郎《おうぎやふうたろう》が話しかけてきた。うちの師匠や楽三《らくざ》師匠と並び、東京の四天王と呼ばれる扇家風流《おうぎやふうりゅう》師匠の一番弟子だ。落語は正統派で上手い。太鼓も抜群に上手く、踊りまでできるスーパー前座《ぜんざ》と評判だ……正直僕はあまり好きじゃない。

「先日は長瀬《ながせ》先生に随分いい記事を書いてもらった様だねぇ。天才前座《ぜんざ》復活だって。でも真の天才は誰か、今日決めようじゃないか！」

『ビシッ』と効果音が付きそうな感じで僕を指差す。こういう大袈裟《おおげさ》なところが苦手だ。そもそも僕がトラウマを払拭《ふっしょく》して評価してもらえるまで、僕の事なんか眼中になかった癖に。僕が少し褒められた途端にライバル視してきた。言われて悪い気分はしないけれど、落語に天才も何もないと思っている。

「とにかく、優勝は……いや、一位から三位は我々エドラクの物だっ……」

「あ、風太郎兄《あに》さん。お久しぶりですっ」

「あ、き、きら星《ぼし》さん……ど、どうも」

きら星が満面の笑みで挨拶をした途端、赤面し大人しくなる風太郎。見るとエドラクの他の二人も照れている。正統派美少女なきら星には隠れファンが多い。

「お互い頑張りましょうね♪」

「は、はいぃ……」

すっかりメロメロな風太郎。さっきの威勢はどうした。

それから開演までの間は自由時間。各々《おのおの》稽古したり、精神集中したりと時間を使っていた。僕も精神集中のため一人になろうと廊下を歩いていたら、奥から話し声が聞こえた。

普通に素通りして良かった筈《はず》だけど、その声を聞いて僕は思わず隠れてしまった。

「ハチちゃーん、調子はどーう？」

「あ、ガブちゃん……」

ハチに声をかけていたのは清風杯のプロデューサーでもあり、多くの落語会の主催もしている賀淵《がぶち》さんだ。先日ハチにテレビ出演のオファーをしたのもこの人。今回寄席《よせ》や師匠方、テレビ局などに根回しして清風杯の復活を実現させたのもこの人だ。

「先日の収録以来だねぇ。また新しい企画も考えてるよん」

「あ、ガブちゃん……でもヨセもそろそろ出ないとシュギョーが……」

「でも寄席《よせ》よりもテレビに出る方が沢山の人に見てもらえるし儲《もう》かるよー。寄席《よせ》は他の人に任せてさー。ハチちゃんは最近人気も鰻登《うなぎのぼ》りだから今日の優勝も間違いなしでしょ！」

「う、うん……まぁ確かにテレビに出る事でしか勉強できない事もあるのじゃが……。あ、この前もテレビ見たって、面白かったってお客さんが褒めてくれて」

「でしょお。そうだ、来週の収録だけど……」

賀淵さんとハチがテレビの話をしているようだ。しかし僕がいる事に気付いていない賀淵さんがハチの優勝を決めつけた言い方が気に入らない。これ以上聞いていられず廊下を引き返そうとするとハチ、賀淵さんと目が合った。

「あ、ヨタ……」

「っつ……！」

二人ともバツが悪そうな顔をしているが、僕はそのまま駆け出す。精神集中するつもりが余計に気分を乱されたまま開演時間が近づいてきた。

「それでは皆さんにはまず順番を決めてもらいます。芸歴は関係なく、あくまで抽選順です。ショート部門の一番から六番を決めて、休憩を挟んだフリー部門ではその順番が逆になりますので」

スタッフから順番の説明があった。ショートで一番を引いたらフリーでは六番、トリになるわけか。となると一番だけは引きたくないな。ショートの一番はまず客席が温まりきっていない上に緊張感があるだろう。そしてフリーの六番は散々落語を聞いて客席が疲れているかもしれない。

三、四番手辺りがやりやすいかなんて考えながら、抽選ボックスから一人ずつ紙を引く。

「あ……」

僕が引いた紙を見たら『1』と書かれていた……

4

抽選で決まった順番はショート部門の一番が僕、二番がエドラクの半鐘亭《はんしょうてい》ほむら、三番がハチ、四番が風太郎、五番がエドラクの銚子屋《ちょうしや》めばる、六番がきら星。そしてフリー部門はその逆順という事になる。

まずはショート部門を十分×六人で一時間やって途中審査。一時間の長めの休憩を挟んでフリー部門の前半三人で一時間、十分の休憩を挟んでフリー部門の後半三人で一時間。最後に最終審査。休憩を入れたら四時間超の長丁場だ。

全体の一番最初と最後という、予想していた最悪の順番だけど仕方ない。逆にハチは三番、風太郎は四番といい順を引いている。客席も温まり、後半でも疲れていないちょうどいい位置だ。

「ふふ、いい順番を引かせてもらったよ」

「風太郎……」

「まぁ二ツ目《ふたつめ》の兄《あに》さん達の大会や、テレビで漫才の大会を見ても、この順番というものが大きな鍵になっている。運を味方につける事も肝心さ。開口一番とトリ、一番厳しそうだけど、くれぐれも頑張りたまえ」

　そう言って去っていく風太郎。嫌味だけ言いに来たのか。


　ブ────


　舞台袖でそれぞれが談笑していると開演を知らせるブザーが鳴り、スタッフさんがオープニングのBGMを流す。本来であればこういった仕事も前座《ぜんざ》がしなくてはならないけれど、今日は僕らが主役という事で高座《こうざ》に集中させてくれる。

　壇上で司会の漫才師、熱海《あたみ》こうた・さんた先生から、審査員席にいる特別審査員が紹介される。うちの光月《こうげつ》師匠、楽三師匠、風太郎の師匠である風流師匠、大阪から蟹蔵《かにぞう》師匠、その他、先日のホールで僕を褒めてくれた評論家の長瀬先生を含めて計十名。特別審査員と言ってもあくまで講評のためで、票はお客さんと同じ一票ずつ渡される。

　僕が間もなくの出番に集中していると、きら星が声をかけてきた。

「兄《あに》さん、頑張ってくださいね」

「ありがとう、順番が厳しいけどね」

「私もですよぅ。ショートの最後かと思ったらフリーだと最初だなんて」

「まぁ本来前座《ぜんざ》は最初にしか上がれないからね。戸惑うけどいつも通りやるしかないね」

談笑しながらもふとハチの方を見ると、こちらを気にせず集中しているようだった。

喧嘩《けんか》をしつつもつい目で追ってしまう。間もなく本番で一旦頭からハチを追い出さなきゃと思っているのに、先程のプロデューサーとの会話から余計な事を考えてしまう。

「それではまずは光月門下の浮乃家陽太《うきのやようた》さんです。どうぞー」

司会の紹介と共に出囃子《でばやし》が鳴る。いよいよだ。

「いつも通り……いつも通り……」

朝に師匠から言われた事を復唱し、高座《こうざ》へ。客席を見ると満席だ。嫌な緊張は……ない。

『浮乃家陽太です。一席のお付き合いを願います。これはあるお寺のお噂《うわさ》で……』

芸名だけを名乗りスッと『転失気《てんしき》』に入る。ショート部門では持ち時間が十分なので、余計な事を言っている余裕はない。

客席はよく見えている。後方にはテレビカメラが入っている。大会の一部が後日編集されてテレビで放送されるとの話だった。ハチが中心なんだろうけど……

――この前もテレビ見たって、面白かったってお客さんが褒めてくれて――

――寄席《よせ》よりもテレビに出る方が沢山の人に見てもらえるし儲かるよー――

ハチやプロデューサーの言葉が脳内にチラつく。ハチの言っている事も間違いではない。

落語を広めるためにメディアは不可欠だ。でも僕は、楽屋での修行こそ高座《こうざ》に繋《つな》がると懸命に頑張ってきた。それを妹《いもうと》弟子《でし》のハチに否定されたようで……

——自分がテレビに出られないからって！——

……高座《こうざ》中にどうしてもハチの事を考えてしまう。集中しないと……

『乾物屋さんこんにちはー……じゃなかった、お花屋さんこんにちはー』

余計な事を考えてしまったからか、一度行った乾物屋さんにもう一度行くというループをしてしまった。咄嗟《とっさ》に言い直したけれど、大会ではこういったミスで評価が下がるかもしれない。

（やっぱり……カメラが見えない……！）

語りの調子は悪くないが、上手《うま》く俯瞰《ふかん》して見えない。神カメラが見えないんだ。

牡丹組《ぼたんぐみ》の事務所で見えたような感覚にならない。ただ落語をそれなりに語れているだけだ。前は多くのものが見渡せたはずなのに。

（やっぱりおかしい……！　このままじゃ……）

『転失気《てんしき》はオナラだったんだー』

（このままサゲまでいくしかないか……）

——ワシがヨタより目立つのが悔しいんじゃろ！——

『いいえ、屁《へ》とも思っておりません』

なんとか『転失気《てんしき》』のサゲを言って高座《こうざ》から降りてくる。半ばパニックになりながらも形だけは整えた。反応は悪くはなかったけど、ここ最近の高座《こうざ》では一番ダメな一席だった。せっかくトラウマを払拭したと思ったのに、こんな簡単にボロボロになるなんて。ハチに偉そうに言っていながら僕はこの体《てい》たらくか……

舞台袖へ戻ると、パイプ椅子に座ってハチが瞑想《めいそう》をしていた。

「……ヨタ、どうしたんじゃ今のコウザは？」

「……」

「ワシの事が気になったんじゃろ？」

「……ハチの事が……テレビばっかりに夢中になっているハチが頭にチラついて……」

久しぶりに声をかけられたハチにつまらない言い訳をしてしまった。

「全く情けないのじゃ。ワシがテレビばっかりでラクゴから離れたと思ってたのか？」

「え……？」

「ワシが何のためにこの世界にいると思っておる。ラクゴを極めて、魔法を極めて真の魔王になるためじゃ！」

そうだった。一緒にいすぎて忘れがちだけど、ハチは魔王なんだ。落語と魔法を結びつけて修行をしていたんだ。

「それに……」

「それに？」

「ヨタの『たがや』は凄《すご》かったから……負けられないと思って、あの時のヨタを超えるために毎日夜遅くまで稽古してたのじゃ！」

「そうだったのか……」

ハチが最近遅かったのはテレビだけじゃない。稽古してたからなのか。

「ラクザシショーやチャンタシショー、他にも仲良くなったシショー達にラクゴを見てもらってたのじゃ。ヨセに行けなかったからテレビの収録の後に打ち上げは断って、シショー達の家で見てもらったりとかしてたのじゃ」

そうか、テレビの打ち上げで浮かれていると思っていたが、稽古で帰りが遅かったんだ。

「とーにーかーくー！　ワシのコウザをよーく見ておくのじゃ！」

ハチはそう言うとまたプイッとソッポを向いてしまう。僕はハチの事を誤解していた。

前の出番のほむらが終わり、次の出囃子《でばやし》が鳴る。ハチの出番だ。高座《こうざ》に上がる前に僕の方を向き、指を差した。

「魔王の落語を見て度肝を抜かれるが良いのじゃ！」

キメ顔でそう高らかに宣言すると一転、満面の笑みで高座《こうざ》へ向かっていく。

「ハッチちゃ――――ん」

ハチは老若男女《ろうにゃくなんにょ》問わず声援が多い。前座《ぜんざ》でここまでの声援は聞いた事ない。ファン……ハチ曰《いわ》くの魔王軍はこんなに増えていたんだ。

高座《こうざ》へ向かいながら、その声援に手を振り返すハチ。本来の寄席《よせ》で前座《ぜんざ》がそんな事するのは御法度《ごはっと》だけど、今日は客席がますます盛り上がる。

喧嘩をしてモヤモヤしているのは僕と変わらないはず。だけど高座《こうざ》に向かうハチの姿はいつも通りだった。

『……ハチじゃ』

座布団《ざぶとん》に座り客席を見渡し、笑顔でお決まりの一言。これで客席の心を掴《つか》む。

僕も同じ事を一度だけ真似《まね》してみた事があるけど、なんの効果もなかった。ハチの天性の間《ま》で、愛嬌《あいきょう》で、声でやるからこそ効く必殺の挨拶。流石《さすが》は魔王のカリスマだ。

『十人寄れば気は十色《といろ》と言うようじゃが……』

ハチは『饅頭怖い《まんじゅうこわ》』をやるようだ。語尾がじゃなのは相変わらずだけど、最近はそれが味になっている。

『好きな食べ物はみんなあるな。ワシは甘い物が好きじゃ。特にアンコはいいのじゃ。好きすぎてワシは毎朝アンコご飯を食べるのじゃ』

ハチが冗談で言ってると思って客席からは笑いが起きる。事実なんだよな……

『肉まんとあんまんじゃったら断然あんまん派じゃが、肉まんも美味《おい》しい。だから肉の中にあんこも詰まった「あん肉まん」を作ってほしいのじゃが、誰かこの中にコンビニのシャチョーはおらんかの？』

ハチが無茶苦茶な事を言って、また笑いが起きる。前座《ぜんざ》は基本的に枕を振らない。だからこういう時に硬くなりがちだけど、ハチはあくまで日常会話の様に自然に話している。

いつの間にこんな……

そうか、テレビのトークで慣れてフリートークが上手くなったんだ。寄席《よせ》で型にハマる前に砕けた話し方を覚えたんだ。前座《ぜんざ》として型破りなハチにはこちらの方が合っている。

……にしてもハチの枕は少し長くないか？　持ち時間は十分しかないのに。まさか枕だけで終わる気か？

『ワシはアンコが好きじゃが嫌いなんて奴は……いないな。うん、いない。まぁ好きとか嫌いとか言い合ってると話が始まるみたいじゃが……』

『なんじゃ、アイツはマンジュウが怖いとか言って寝込んじゃったよ。変な奴だ』

ハチは枕で五分ほどあんこ愛を語ってから『饅頭怖い《まんじゅうこわい》』の前半部分、みんなで怖い物を言い合う場面をすっ飛ばした。後半の饅頭を怖いと言ってる主人公に、周りがイタズラを仕掛ける場面から入れば五分でできる。

（上手い……）

この『饅頭怖い《まんじゅうこわ》』は殆《ほとん》どの人が筋を知っている噺《はなし》だし、枕であんこ愛を語ったのが導入のセリフと噛《か》み合《あ》っておかしみを出した。持ち時間や噺《はなし》の構成を計算していないとできない芸当だ。

『栗《くり》マンジュウだー、怖いよー……はむはむ。ゴクン。怖いよー。あ、この前サイタマの楽屋で食べた十万石《ジュウマンゴク》マンジュウだー。こわ……はむはむ。怖いよー』

ハチの饅頭を食べる仕草は絶品だ。本当に美味しそうに食べる。しかも相当稽古していたのか、落語の口調も前より格段に良くなってる。

『これはチャンタシショーが沢山食べさせてくれた温泉マンジュウだー、怖いよー。あー！　怖い顔して意外と甘い物が好きなラクザシショーの好物のカスタードマンジュウだー！　怖いよー！　ついでにラクザシショーの顔も怖いよー！』

ギリギリの内輪ネタを入れたのもウケている。殆どの人が筋を知っている噺《はなし》で、こうも笑いが取れるのか……

『うーんこの次はあつーいお茶……いやワシはぬるめのお茶の方が怖い』

サゲまでハチの嗜好を入れて終わる。邪道と言えば邪道だ。でも客席が大いに沸いた。

しかも時間はぴったりだ。枕も含めて計算されていたんだ。

「いやぁ、凄いねぇ。あの子」

「うわ、ビックリした」

次の出番の風太郎《ふうたろう》がいきなり僕の耳元に囁《ささや》くように言ってきた。

「まぁ僕には僕のやり方がある。負けないよ、キミにも、あの子にも」

そう言って、高座《こうざ》へ向かう風太郎。入れ替わりにハチが戻ってきた。

「フウッ……」

適当に喋《しゃべ》っている様で相当な神経を使ったんだろう。汗だくなハチ。

「どうじゃ、魔王カオスムーンの真の力は！」

「ああ、凄かったよ」

「フン、後半はもっと凄い高座《こうざ》を見せるのじゃ……」

それだけ言って楽屋へ戻るハチ。ハチの高座《こうざ》を受けて僕はどうする……？

『わてな、中橋《なかばし》の加賀屋《かがや》佐吉方《さきちかた》から使いに参じましたもんで……』

舞台袖から風太郎の高座《こうざ》を見る。風太郎がやっているのは『金明竹《きんめいちく》』だ。

与太郎《よたろう》が手伝っている骨董屋《こっとう》に、大阪から使いが来る後半場面から入っている。

まず流暢《りゅうちょう》な関西弁が自然だ。風太郎は東京出身のはずだけど、相当稽古しているのか違和感のない関西弁だ。それに踊りをやっているからか座り方、手の所作など一つ一つが綺麗《きれい》だ。ハチ程の笑いはないけれども、芸術点という項目で審査するなら間違いなく風太郎に軍配が上がるだろう。

審査は客席の一人一人が一番いいと思った前座《ぜんざ》に一票を入れる。笑えたのが良かったか、綺麗なのが良かったか、それは客席次第だ。

『おとっつぁん、飴《あめ》買って飴ー』

六番目のきら星《ぼし》は『初天神《はつてんじん》』をやっている。子供の甘える様子が可愛《かわ》らしいきら星にピッタリな噺《はなし》だ。寄席《よせ》でもよくやっているけど、ここでも勝負ネタとして選んできた。

落語は笑いだけでも、所作の美しさだけでもなく人間的な魅力——仁《にん》がハマれば面白く感じる事もある。きら星は自分の可愛らしさを良く活《い》かしている。

『こんな事ならおとっつぁんなんて連れて来なければ良かった』

きら星が『初天神《はつてんじん》』のサゲを言ってお辞儀をする。これでショート部門の六席が終わった。高座《こうざ》で中間審査が発表されるので舞台袖へ向かう。

中間審査と言っても票を入れるのではなく、笑い声の大きさ、拍手の多さなどが数値として発表されるようだ。持ち時間はもちろん、笑いの量や拍手なども機械で正確に計測されているらしい。審査結果に直結するわけじゃないけど、お客さん達の無意識に刷り込まれるかもしれない。

ステージに司会のこうた・さんた先生が出てきて中間審査の報告を始めた。

「笑い声が多かったのは八子《はちこ》ちゃん、拍手が多かったのは風太郎くんですねぇ」

「他の皆さんも頑張ってくださいー。さぁ。これから一時間の休憩時間です」

結果発表後に、休憩時間という事で楽屋へ戻る六人。

当然の結果だった。機械で計測しなくてもわかる。ショート部門だけなら優勝はハチか風太郎かどちらかだろう。フリー部門で巻き返すためには余程の高座《こうざ》をしなくてはならない。それこそ牡丹組《ぼたんぐみ》でやった『たがや』を超えるような……

「兄《あに》さん、どうでした？　ショート部門は？」

僕が深刻そうにしていたら、きら星が声をかけてくれた。

「うん、イマイチだったかな……そっちは？」

「私も緊張で思うようにできなかったというか……。でも後半はもっといい結果を出せるように頑張ります。それにしても、ハチちゃんの高座《こうざ》凄かったですよねぇ」

「ハチ……そうだこのままじゃ……」

「兄《あに》さん……？　あ、噂《うわさ》をしていたらハチちゃんが来ましたよ」

ハチの名前を出されて動揺していると、楽屋に入ってきたハチと目が合った。

「ヨタ……あの……」

ハチが何か言いかけてやめた。先程の高座《こうざ》を見て感じたが、このままだとハチには勝てない。牡丹組でかけた時のような『たがや』でも難しいかもしれない。

「ごめん、ちょっと……」

一分一秒も無駄にできない。僕は少しでも稽古をしようと、衝動的に楽屋を飛び出していた。

5

ホールのすぐ裏に大きめの公園を見つけた。ベンチがいくつか並んでいるスペースがあり、人通りもなかった。ここなら座って稽古ができそうだ。

まずはフリー部門でかけるネタを決めなくちゃいけない。『たがや』をやるつもりではあったけど、それでいいのか……

「ダメだ、このままじゃマトモな高座《こうざ》を見せられない！　妹弟子《いもうとでし》のハチがあんなにいい高座《こうざ》をしているのに……。僕はどうしたら！」

「ハァッ、ヨタ、こんな所にいたのじゃ」

考えが纏《まと》まらずに半ばパニック状態でいたら、ハチがやってきた。僕を探して走ったのか、ハチは息を切らせていた。

「ハチ……どうしたの？」

「ヨタっ！」

ツカツカと近寄ってきたハチ。腕を振り上げるので一瞬殴られるのかと思ったら、ムギュッと強めに頬をつねられた。

「なんじゃ、シャキッとせい。前にワシを助けようとしたヨタはもっとカッコよかったのじゃ！」

「ハチ……」

「ワシのコウザを見てわかったじゃろう？　今ワシがテレビの仕事をしているのは、ちゃんとラクゴに活きているのじゃ。ヨセでは体験できない事ができて、その楽しい気持ちがラクゴにも出るようになったのじゃ」

「うん……ハチの落語は前よりも良くなってて……楽しそうだった」

「……もちろんヨタが言ってる事も正しいとわかっていたのじゃ。ガクヤシュギョーを頑張ったらラクゴにも繋《つな》がるって、ヨタをずっと見ていたらわかるのじゃ。テレビの仕事でも、ガクヤでシュギョーした事が活きたのじゃ」

「そう……なの？」

「ああ、スタッフや共演者に挨拶したり、現場でも細々《こまごま》と動いたりと、どんな仕事もみんなキヅカイが大事だって……。ガクヤで、ヨタに教えてもらわなかったら、テレビの仕事も続かなかったのじゃ」

「ちゃんとわかってくれてたんだね……」

「もちろんじゃ。でもさっきガブちゃんに言われてなんかモヤッとして……。ワシをレベルアップさせてくれた大元はガクヤシュギョー。だからショート部門終わってから、ガブちゃんにテレビの仕事は減らすって言ってきたのじゃ。この大会が終わったらまたちゃんとヨセに出られるようにしたいのじゃ……」

ハチはちゃんとわかっていてくれた。だから今度は僕が言わないといけない……

「こちらこそゴメン。兄弟子《あにでし》なのに大人気《おとなげ》なかった。内心ハチが注目されて羨ましいって気持ちがあったのかもしれない。遠くに行っちゃったみたいでさ。でもテレビの仕事のお陰か……それに夜の特訓の成果で、ハチの高座《こうざ》ずっと良くなっていたよ。稽古してるのも伝わったよ」

僕はハチに素直に謝り、思った事を言った。

「ヨタ……ヨタはラクザシショーの時に庇《かば》ってくれた、ボタングミの時も助けてくれた。

あの時のヨタは……カッコ良かったのじゃ」

僕の両眼を見つめてそう言ったハチの頰は少し赤く染まっていた。

「シショーの『死神』を見た時にワシは震えた。まさに魔法だと思ったのじゃ。ラクゴは楽しいって！　ワシはヨタにもシショーみたいなラクゴができるって思ってるのじゃ！……ヨタはラクゴを楽しいって、凄《すご》いって思わないのか？」

「僕……？　僕は……僕も……」

ハチに言われて、僕が落語を初めて好きになった時の気持ちを思い出す。

「ヨタ、さっきのお前はらしくなかったのじゃ。大方ワシとのケンカが気になってたんじゃろうが……これでテウチじゃ。なんかお前がらしくないから……恩返しなのじゃ」

「恩返し？」

「い、いいからっ。ヨタっ！」

「へ？」

パンッとハチが僕の目の前で猫騙《ねこだま》しのように手を叩《たた》いた。反射的に目を瞑《つぶ》ってしまった僕の額に何か温かく柔らかい感触が……

ふと目を開けると、ハチが僕の額に口付けをしていた。これって……キ、キスぅ？

「元気でたじゃろ？」

「は、は、ははハッハハチ?」

いきなりの事に驚いてしまった。なんだこれは? ラブコメ漫画じゃないぞ。

「なんじゃ、狼狽《うろた》えるな! ワシまで恥ずかしくなるではないか」

そう言うハチの顔はもう真っ赤になっていた。

「情けないアニデシは見たくないから餞別《せんべつ》……おまじないじゃ……」

「ハチ……」

そういえば前にマ魔王さんがハチに勇気の出るおまじないとして額に口付けをしていた。それを今度はハチが僕を勇気づけるためにしてくれたんだ。

「か、勘違いするんじゃないぞ。勝ちを譲ったわけじゃないんじゃ。全力のヨタの方が倒しがいがあるからじゃ!」

ツンデレのテンプレなセリフを言ったハチがたまらなく可笑《おか》しく愛《いと》しかった。

「ワシがシショーと同じくらいに尊敬する、上手《うま》くて、か、か、カッコいいラクゴをするヨタの全力に、ワシは勝つのじゃ。次のワシのコウザもしかと見るがいいぞ。じゃっ!」

バトル漫画のライバルキャラみたいな事を捲《まく》し立《た》ててハチは走り去った。

照れ隠しもあったんだろう。でもありがとう。勇気……もらったよ。

「ヨタ。もういいかな？」

さて稽古を、と思ったら、今度は師匠がやってきた。

6

「師匠？　いつからいたんですか？」

ハチと入れ替わりにやってきた師匠。さっきのを見られていたら恥ずかしい。

「んー、ヨタとハチが何か話しているのは見えたかな……という事で」

い、アレを見たのか、見てないのか。そこはボカしてきた。

「ヨタ、先程とは顔付きが変わったね」

それは多分ハチのお陰。ハチとの行き違いが解消して、ハチがくれた勇気のお陰。

「ネタは何をやるんだい？」

「ええっと、『たがや』をやろうかと……思っていたんですが……」

少なくとも一時間前はそのつもりだった。

「他にあるのかい？」

「はい……えっと……」

「……『死神』かい？」

「は……はい！」

　そう、僕の落語との出会い。師匠との出会い。僕が今ここにいるのは、師匠の『死神』を見たからだ。この大一番はその自分の原点で挑戦したいと思っていた。師匠にはそんな僕の気持ちがわかっていたようだ。

「ただ、まだ稽古をつけてもらっていませんし……」

　この世界のルールとして、まずネタの稽古をつけてもらい、そして覚えたものを見てもらい、高座《こうざ》にかける許可をもらう――上げてもらわないとそのネタは高座《こうざ》ではできない。

「稽古はつけていないけれど……僕の『死神』を散々見ているだろうから。もう、できるよね？」

「え？」

　師匠の言葉に目が丸くなる。確かに僕は『死神』は子供の頃からやっていた。そして弟子入りしてからも師匠の『死神』を何百回も聞いて、完全に覚えている。ギル亭《てい》魔王《まおう》として配信でやった事もある。

「実は夜にヨタが部屋で『死神』をやっているのを聞いた事があるんだ」

「あ……」

もしかして配信の声が聞こえたのか……？

「やってごらん。見てあげるよ」

師匠の一言にゴクリと唾を飲み込んだ。正式に稽古をつけてもらえるのは何年も先だと思っていた。

「勉強させていただきます！」

僕は腰掛けていたベンチに正座をし、師匠の前で一心不乱に『死神』を語り始めた。サゲまで辿《たど》り着《つ》いて師匠の顔を見ると、いつもの穏やかな笑顔だった。

「……」

「……あの……師匠……？」

「……そうだ、よく考えてみたら、僕がヨタを弟子に取った理由をちゃんと話してなかったね」

『死神』の感想を聞けるかと思ったら、師匠から意外なセリフが飛び出した。弟子に取ったのは親戚だからじゃなくて……？

「別に君《キミ》が養兄《にい》さんの子だったから弟子にしたわけじゃない。もちろんきっかけではあったけれども」

「そう……だったんですか……」

「子供だったヨタの落語を見て、落語への愛情を感じた。落語家にとって一番大切なのは落語への愛だ。それを感じたから初めて弟子を取ったんだ。それからヨタは落語への情熱から本当に沢山知識を得て、落語への愛があるからこそできる描写力を身に付けた。この子を育てたら、いつか相当な落語家に、それこそ僕を脅《おびや》かす程になってくれるんじゃないかと。直感だけどね」

師匠がそこまで僕を評価してくれていたなんて……

「そして、ハチの存在は幸運だった。あの子を一目見てピンときた。あの子はヨタにない、それこそ僕にもない天性のものを持っている。ゼロから落語を知り、人とは違った自由な目線で、誰より楽しそうに語っている。そう、楽しんでいるんだよ。あの子が側《そば》にいればヨタはより刺激を受けて成長してくれるんじゃないかと。二人が切磋琢磨《せっさたくま》すれば凄い落語家になるんじゃないかってね……」

「……」

前から聞きたかった、師匠が急にハチを弟子に取った理由はそういう事だったのか。

師匠からありがたいお言葉をもらった。そして、僕の『死神』はどうだったんだろう。こちらからは聞けず押し黙っていると、師匠がニコッと笑い口を開いた。

「あ、そうそう。合格」

「合格……あ、ありがとうございます！」

確かにできる事を全力でやったけど、こうもあっさり合格がもらえるとは思わなかった。

「セリフは完璧だ。元々技術も下手な二ツ目《ふたつめ》よりよほどある。トラウマを払拭《ふっしょく》して君《キミ》の落語は一つ上のステージに上がっている。とりあえず形としては申し分ない、形はね」

「じゃ、じゃあ」

「だけどまだ僕のコピーに過ぎない。今のヨタならその一歩先まで、更に上のステージまで上がれるはずだ。コピーを捨てなくても構わない。でもそれを一旦崩してごらん」

「崩す……？」

「崩す……落語を教わったままじゃなくて、自分なりにやってみるんだ。何もハチみたいにやれって言っているわけじゃない。アレはハチだけの個性だ。ヨタはヨタなりのやり方で『死神』を崩す、ヨタの今までの人生を『死神』に込めてごらん」

「僕の……人生を……」

「これまでの君《キミ》の人生を落語に込めるんだ。色々な事があった。ご両親との別れ、それがキッカケになったトラウマ。でも辛《つら》いだけじゃなかったはず。落語を愛してるからこそ、修行も高座《こうざ》も楽しかったはずだ。そんな人生そのものが、高座《こうざ》に活《い》きてくるんだよ」

「そうです……辛かったけど……それ以上に楽しかった……！」

「ヨタの経験してきた事に無駄な事なんてない。全ては落語に活きるんだ。ほら、夜中に漏れ聞こえたヨタの声、落語なんかは堂々としていたよ」

配信でやったギル亭魔王の語り、あんな気持ちでやってみる……？

師匠がここまでのアドバイスをくれたのは初めてだった。まだ自分の中で摑《つか》みきれていないけれど、師匠の言葉を無駄にしないようにしなくては。

「今日の高座《こうざ》はヨタのこれからが試されるよ。僕の見立て通りだったか……思い違いだったか、ね」

「はい、師匠を満足させられる高座《こうざ》をします！」

「いい返事だ。あ、贔屓《ひいき》はしないよ。ダメなら票は入れないから。じゃあね」

そう言うと、師匠は手を振りサッと立ち去った。贔屓はしないと言いつつ、アドバイスをくれた事がありがたい。

休憩時間はあと三十分。僕は最後の出番だからもう三十分は稽古できる。計一時間で僕の『死神』を見つけなくては。

僕の人生……芸歴の全て……

初めて見た師匠の高座《こうざ》……
擦り切れるほど聞いた名人の落語の音源……
弟子入り……
両親との別れ……
高座《こうざ》への恐怖……
ギル亭魔王……
ハチとの出会い……
恐怖の克服……
可愛《かわい》くて、生意気な妹弟子《いもうとでし》の活躍……
その全ての経験を自分の中で咀嚼《そしゃく》しながら、短い時間で『死神』を稽古する。
浮乃家陽太《うきのやようた》の全てを次の高座《こうざ》で見せつけるために……
「我は……落語の……魔王なり……」
僕は無意識にいつものセリフを呟《つぶや》いて更に集中を高めていた。

春風亭吉好の落語解説

その陸　協会の違い

作中同様、落語界には『一門』とは別に、大きな括りとして『所属団体』が存在します。

東京には「落語協会」、「落語芸術協会」、「五代目円楽一門会」、「落語立川流」の四団体があり、大阪には「上方落語協会」があります。

寄席は「落語協会」と「落語芸術協会」が十日毎に交互で興行しています。

通常の寄席興行では、所属団体の異なる芸人と一緒になる事はないですが、特別興行やホール落語会などでは協会の所属を超えた顔付けもあります。

各協会の中に、更にそれぞれの一門が所属する事になります(作者が所属する落語芸術協会の場合、春風亭・三遊亭・三笑亭・桂・雷門など)。

落語芸術協会の主な所属芸人(敬称略)

会長　春風亭昇太

副会長　春風亭柳橋

その他、テレビやラジオでお馴染みの三遊亭小遊三、桂宮治、桂米助、笑福亭鶴光や、落語家だけでなく講談、漫才、浪曲、色物などを行う芸人が計二百名以上所属している。

第七章　魔王様と魔王様

1

「……あれ、今何時だ？」

稽古に夢中になって時間を見ていなかったが、あれから一時間ほど経《た》っていた。

「やばい、行かなきゃ！」

進行次第だが、後半の部の中頃だろうか。稽古時間が取れたと思うと、この順番で良かったかもしれない。稽古を切り上げて会場に戻ると、フリー部門の三番手である風太郎《ふうたろう》の高座《こうざ》中だった。

『して、その文《ふみ》、残らず読んだかァ？』

『はい、残らず読んだその後で、互いに見交わす顔と顔……』

風太郎のネタは『七段目《しちだんめ》』だ。芝居にハマった若旦那と小僧が芝居の真似事《まねごと》をする噺《はなし》。芝居口調や所作《しょさ》などが綺麗《きれい》で、思わず見惚《みと》れてしまうほどだ。風太郎にピッタリの噺《はなし》。

『階段の天辺《てっぺん》から落っこちたんだろう？』

『いいえ、七段目』

サゲを言ってお辞儀をする。場内割れんばかりの拍手。女性のお客様などはウットリしている。

「ヤァ、ヨタくん。往生際《おうじょうぎわ》悪くギリギリまで稽古していたのかい？」

高座《こうざ》から戻ってきた風太郎が僕に声をかけてきた。出来に満足しているのか、やりきった顔をしている。

「うん、前半はみっともない高座《こうざ》だったけど、後半はいい高座《こうざ》ができると思う」

「へぇ……まぁいいさ。でも優勝はもらったよ」

風太郎は優勝を確信しているようだ。確かにあの完成度の『七段目《しちだんめ》』は二ツ目《ふたつめ》の兄《あに》さんでも見た事がない。

風太郎の高座《こうざ》後には十分間の休憩時間。ふと舞台袖を見ると、ハチがショートの時と同じく目を瞑《つぶ》り瞑想《めいそう》していた。

「ハチ……さっきはありがとう」

「ヨタ……いい顔をしているのじゃ」

「ああ、ハチのお陰で吹っ切れたよ」

「まぁ魔王のアニデシがクヨクヨしてたら情けないのじゃ。ヨタもねっとじゃ魔王なのじやろ？」

「魔王か……そうだね。今度こそ僕の全力の高座《こうざ》を……過去も、今も、それに魔王も取り込んだ、それこそあの時の『たがや』以上の高座《こうざ》ができると思う」

「フン……それでこそ倒し甲斐《がい》があるのじゃ！」

そう言うとお互いの拳をコツンと合わせる。こういう漫画的なライバル関係に胸が熱くなる。

後半開始のブザーが鳴り、出囃子《でばやし》がかかる。幕が開くと大きな拍手。

ショート部門のハチの活躍で、客席が期待しているのがわかる。

「魔王カオスム……いや、浮乃家八子《はちこ》、推して参るのじゃ！」

魔王の名を言いかけてから、今の芸名を叫び高座《こうざ》へ向かうハチ。向こうの世界の魔王としてより、今の落語家としての自分を大事にしてくれているようで嬉《うれ》しい。

ハチが高座《こうざ》へ向かうと、より一層の大きな拍手。ハチは手を振り、愛嬌《あいきょう》を振りまく。

『……ハチじゃ』

お辞儀をして、顔を上げ、間《ま》を空け、名乗る。いつものルーティン。さて、どのネタをかけるんだ……？

『寿限無《じゅげむ》という噺《はなし》を知っておるか？』

ハチは『寿限無《じゅげむ》』をやるのか。でもそれを宣言した……？

『産まれたばかりの赤ん坊に長生きをしてもらいたいからおめでたい言葉、寿限無寿限無《じゅげむじゅげむ》、五劫《ごこう》の擦《す》り切《き》れ、海砂利水魚《かいじゃりすいぎょ》の水行末雲来松風来末《すいぎょうまつうんらいまつふうらいまつ》、食《く》う寝《ね》るところに住《す》むところ、やぶらこうじのぶらこうじ、パイポパイポパイポのシューリンガン、シューリンガンのグーリンダイ、グーリンダイのポンポコピーのポンポコナーの長久命《ちょうきゅうめい》の長助《ちょうすけ》という名前を付けられて……』

なんだ？　ハチの奴《やつ》『寿限無《じゅげむ》』のあらすじを語り始めた。『寿限無《じゅげむ》』をやるんじゃなかったのか？　あらすじを枕で喋《しゃべ》るなんてありえないぞ……

『あんまり名前が長いからコブが引っ込んじゃった……というのがオチなのじゃが』

ついにサゲまで言った。ここからどうするんだ……？

『寿限無《じゅげむ》なんて噺《はなし》は落語の中だからあるようなものじゃと思っておったが……現実にも寿《じゅ》限無《げむ》みたいな話は転がっておる様じゃな。これはワシがお使いに行った時の事で……』

『ハチ、あそこの店でコーヒーを買ってきてくれ』

『コーヒーを買ってくれれば良いんじゃな。どんなコーヒーなんじゃ？』

『あぁ、まずはブレンドを二つ』

『ええとブレンド、ブレンドじゃな』

なんだ？　『寿限無《じゅげむ》』の説明から、いきなりコーヒーの話をしだしたぞ……？

『これは加糖でたっぷり』

『加糖でたっぷり……』

そうか、『寿限無《じゅげむ》』をコーヒーの名前に置き換えたんだ。コーヒーの買い出しを頼まれた時に苦戦していたと聞いた。その時のエピソードを噺《はなし》に盛り込んで……

ハチにこんな改作の才能があったなんて。最近夜遅くまで稽古していたのは『饅頭怖《まんじゅうこわ》い』だけじゃなくてこれもだったのか……

噺《はなし》の流れは『寿限無《じゅげむ》』と一緒だけれど、寿限無《じゅげむ》の長い名前をコーヒーの長い名前の注文に置き換えるというのが上手《うま》い。

『いらっしゃいませー』

『ブレンドと……フラッペを二つ頼むのじゃ』

『かしこまりましたー、ブレンドに、フラッペフラッペ……こちらで売り切れになりましたー』

『別に売り切れをワシに言わなくていいのじゃ』

なるほど、『五劫《ごこう》の擦《す》り切《き》れ』を『こちらで売り切れ』という似た響きに置き換えたんだな。

『加糖ですか？　無糖ですか？』

『加糖じゃ！　凄《すご》いの！』

『はい、加糖じゃ凄いのですね』

『ワシの真似《まね》しなくていいのじゃ』

『失礼しました、マニュアルでお客様の言葉を繰り返す様に言われておりまして……』

　これは『海砂利水魚《かいじゃりすいぎょ》』を『加糖じゃ凄いの』に置き換えたのか。店員さんの無理やりな返しも、マニュアルでやっているという設定にしたのか。

『スパイスはいらないのじゃ』

『苦味バツ、辛味バツ、渋味バツ……ですね。ストローはどうします？』

『一つはプラストロー、あとは紙ストローでいいのじゃ』

『まずプラストローに紙ストロー……ですね』

『コーヒー頼みたいだけなのにあーじゃこうじゃうるさいのじゃ』

『あーじゃこうじゃうるさいのじゃ……ですね』

『それは注文じゃないのじゃ！』

　マニュアルで繰り返してしまう店員さんとハチならありそうな掛け合いが面白い。実際あった出来事を膨らませたんだな。寿限無《じゅげむ》の『水行末、雲来末、風来末』を『苦味バツ、辛味バッ、渋味バッ』に、『食う寝るところに住むところ』を『まずプラストローに紙ストロー』に、『やぶらこうじのぶらこうじ』を「あーじゃこうじゃうるさいのじゃ」ってちょっと無理やりだけど、ちゃんと寿限無《じゅげむ》の韻を踏んでる。次はパイポパイポと単語が続くところはコーヒーの羅列かな……？

『トッピングはトールキャラメルエクストラホイップクリームに、グランデバニラ抹茶ホイップクリームフラッペ、グランドマンゴーマンゴーのホイップホイップモカモカクリーム、フラッペチョコレートのアイスライトアイスエクストラミルクにアメリカンのモカ……などございますが……いかがいたしましょうか？』

『な、なんじゃ？　わからんが全部お願いなのじゃ』

『かしこまりましたご注文繰り返します。ブレンドにフラッペフラッペ、こちらで売り切れ、加糖じゃ凄いの、苦味バッ辛味バッ渋味バッ、まずプラストローに紙ストロー、あーじゃこうじゃうるさいのじゃ、トールキャラメルエクストラホイップクリームに、グランデバニラ抹茶ホイップクリームフラッペ、グランドマンゴーマンゴーのホイップホイップモカモカクリーム、フラッペチョコレートのアイスライトアイスエクストラミルクにアメリカンのモカ……を全部ホットで、ですね』

『そうじゃ、頼むのじゃ！』

『店長ー、ブレンドにフラッペフラッペ、こちらで売り切れ、加糖じゃ凄いの、苦味バッツ辛味バッツ渋味バッツ、まずプラストローに紙ストロー、あーじゃこうじゃうるさいのじゃ、トールキャラメルエクストラホイップクリームに、グランデバニラ抹茶ホイップクリームフラッペ、グランドマンゴーマンゴーのホイップホイップモカモカクリーム、フラッペチョコレートのアイスライトアイスエクストラミルクにアメリカンのモカ……をアイスじゃなくて全部ホットで、ですよ。すいません。作り直します』

注文したと思ったら全部間違っていて、冷たかったから作り直し。コントのような噺《はなし》の流れが面白い。

「わーはっはっはっ」

「こんな『寿限無《じゅげむ》』もあるんだー」

「さっきよりも凄いぞ！」

客席の反応も後半にいくに従ってドンドン大きくなる。盛り上げ方が流石《さすが》だ。

『ブレンドにフラッペフラッペ、こちらで売り切れ、加糖じゃ凄いの、苦味バッツ辛味バッツ渋味バッツ、まずプラストローに紙ストロー、あーじゃこうじゃうるさいのじゃ、トールキャラメルエクストラホイップクリームに、グランデバニラ抹茶ホイップクリームフラッペ、グランドマンゴーマンゴーのホイップホイップモカモカクリーム、フラッペチョコレートのアイスライトアイスエクストラミルクにアメリカンのモカ……を全部ホットで、お待たせしました』

『あー、あんまり名前が長いからコーヒーが冷めちゃったのじゃ』

想像通りのサゲだけど、これでいい。オチで変に奇を衒《てら》うとポカンとされるかもしれない。見事な改作にハチの愛嬌のある高座《こうざ》で、爆笑の客席だった。何か隠し球がありそうだったけどここまでとは……

高座《こうざ》から降りてきたハチは満面の笑みを僕に向けた。そして右手を大きく上げ手を広げたので、そこに合わせてパンッとハイタッチをした。

「見てたか?」

「ああ、今までのハチの高座《こうざ》で一番ハチらしかった。楽屋修行も、テレビでの経験も、全部高座《こうざ》に活《い》きていた気がする」

「そうじゃ、経験値に無駄な事はないのじゃ。やってきた事全てが活きて、レベルアップに繋《つな》がるのじゃ」

「ハチにしかできない落語を見たからには……僕の、僕にしかできない落語をしてみせる」

「うむ、ヨタのラクゴも見せてくれなのじゃ」

そうだ。ハチはハチ、僕は僕。ハチの爆笑落語とは全く違うけれども、僕の全てを懸けた落語なら負けやしない。

今は五番手のほむらが高座《こうざ》中だ。正直ハチの爆笑の後ですごくやりづらそうだ。彼には悪いけれど、間に入ってくれて助かった。少しでも落ち着く事ができる。

目を瞑《つぶ》り、先ほどの稽古を思い出す。今の僕にできる、これまでの人生を懸けた『死神』。

僕はただひたすらに集中力を研ぎ澄ませていた。

2

集中……集中……

目を瞑り、意識を脳の奥の奥の方へ持っていくイメージで。

その内、脳内にピーンと張り詰めた音が響いたかと思うと、周りの音が聞こえなくなった。自意識の中の真っ白い世界に降り立ったイメージ。

その世界を見渡すと、真っ白い空間にハチがいたり、うちの師匠がいたり、他にも尊敬する師匠方、そして……ギル亭魔王《ていまおう》、僕が関わった多くの人達が渦巻いていた。

その一番奥底には、幼い頃の落語に出会った時の自分、落語を純粋に楽しんでいた自分がいる。それを温かい目で見守る両親もいた。

落語に出会ったきっかけの『死神』をやっている。ここから始まった。そしてこれからも一生続いていく。

チャンチャンチャラチャンチャンチャン――

自分のオリジンを見つめたところで出囃子《でばやし》が聞こえ、フッと意識が現実に戻る。

目を開けると、既に江戸の世界が見えている。そんな僕を見下ろす僕がいる。高座《こうざ》に上がる前から多くのものが俯瞰《ふかん》して見えている。カメラの精度は絶好調だ。

さぁ、僕の落語の時間だ。


「我は……落語の魔王なり……」


誰にも聞こえないレベルで呟《つぶや》き、高座《こうざ》へ向かう。

客席からは沢山の拍手。トリだからか、ハチにも負けないくらいの大きさだ。

先程はいっぱいいっぱいで気付かなかったけど、後ろから五列目にみつきがいる。その前に牡丹組《ぼたんぐみ》の人達だ。他にも師匠の落語会で知り合った常連さんも沢山来ている。

あ……全く連絡を取っていなかった親戚も来ていた。あれから一度も会っていなかったけれど。そうか、来てくれていたんだ……

客席の様子は、僕の両の眼《め》で細かく見ているわけじゃない。僕の俯瞰した眼で会場の様子が見渡せているんだ。

座布団《ざぶとん》に正座をし、正面に扇子《せんす》を置く。前に手をつき、お辞儀をする。世界で一番神聖な瞬間だと思っている。

頭を上げる。目の前にはホールの客席にダブって江戸の世界が見えていた。

これなら大丈夫だ。僕に見えているこの世界に、お客さんを連れてきてあげる。

頭を上げて一瞬だけ間を空けた僕は……

『ちょいとちょいと、お前さーん』

何も余計な事は言わず、すぐに落語に入った。早く江戸の世界に溶け込みたい。

『なんだい？』

『なんだい、じゃないやね。働いておくれよぉ。ウチはお金がないんだよ』

『働けって言ったって、仕事がねぇんだからしょうがねぇやな』

神カメラで客席を見渡す。大丈夫だ、いきなり噺《はなし》に入っても付いてきている。

僕も焦《あせ》ってない。いつになく集中できている。

『なんだい、こりゃぁ。おっきな木だぁ。枝も太くってさぁ。首括《くく》るのにちょうど良さそうだな……。死んじまおうかなぁ……』

　さぁ、この後だ。おカミさんに追い出された八五郎《はちごろう》が死神に初めて出会う場面。

　本来この噺《はなし》に出てくる死神はヨボヨボで不気味なおじいさんとして描かれている。

　長屋の隠居さんならそりゃおじいさんを演じる。だけど死神が出てくるこの噺《はなし》はファンタジーだ。不気味さが出るならおじいさんでなくても良いはずだ。僕が、僕だから演じられる、おじいさんよりも不気味な存在。そう……

『クックックッ、死んでしまうのか……？』

『だ、誰だぃ？』

『俺か……俺は……死神だ……』

　腹の底から抉《えぐ》るような声を出す。そう、僕がライブ配信でずっと演じていたギル亭魔王。

　魔王が落語を聞いて覚醒したのをイメージしたのが今のギル亭魔王だ。

　死をイメージさせながらも、シャレのわかる不気味な存在。落語の死神とギル亭魔王のイメージが重なった。だから僕は本来の不気味なおじいさんではなく、いつも演じていた紳士風の魔王を死神に置き換えて演じた。

「こ、怖《こえ》ぇ……」

「凄い雰囲気だね……」

客席が見入っているのが伝わる。ハチの様にセリフを変えるのではなく、魅せ方、演出を変えた。僕にしかできない、僕が崩した『死神』だ。

△△△

「なるほど、こう来たか……」

さっき公園で見た時はまだ模倣の域だった。あそこから一時間で自分の中にずっとあった『死神』に覚醒したんだな。ヨタがイメージした死神の一言で、客席の殆《ほとん》どが呑《の》まれた。ヨタの放った一言で、観客達には従来のイメージと違った、若い英国紳士風の死神が見えているだろう。

「オイ、月《つき》ィ。あれは……？」

隣に座っていた楽三《らくざ》が少し驚いたようで僕に耳打ちする。

「僕じゃないよ。あれはヨタなりのとっさのアレンジだね」

「とっさの……？　その割には口慣れてるじゃねぇか。いつ教えたんだ？」

「ついさっき……かな」

「ついさっきダァ？　それであんな事ができるのか？」

「確かに『死神』の許しを出したのはついさっきだ。でもヨタは子供の頃からずっと落語

を愛していた。誰よりも落語を聞いて、研究し続けていたんだ」

「なるほどなァ。長年の鍛錬の成果だなァ。しかしありゃァ死神っていうか……魔王、みてェな……って何を笑ってんだァ?」

「ふふっ……ほら、ちゃんと見てあげなきゃ」

その通り、ヨタは夜な夜な魔王を演じていたんだから……

△△△

『死神を帰すには呪文がいるんだ……。お前にだけ、特別に教えてやろう……』

口調は若く、でも低く、不気味で浮世離れした様子を演出する。そんな死神が八五郎に死神の呪文を教える。演者ごとの演出の色が出るセリフだ。

『その呪文っていうのはなぁ……。アジャラカモクレン、グランドマンゴーマンゴー、テケレッツのパ』

先程のハチの『寿限無《じゅげむ》』の言葉をアドリブで織り交ぜる。死神は不気味だけどユーモアも忘れない。ここで笑いを取るほど後半が活きる。使うワードはハチの『寿限無《じゅげむ》』のセリフならなんでもいい。そのものに特に意味はなく、ハチのネタを織り込んだ事に意味がある。

すぐさま神カメラで客席を見渡す。殆どのお客さんが笑っていたけど、後ろから二列目右から三番目の人、中央左から二番目、前から三列目右から七番目、それからあそことあそこが笑ってない。欲張る必要はないけどもう一押ししてみるか……

『もう一回言ってやろう。アジャラカモクレン、ホイップホイップモカモカクリーム、テケレッツのパ』

『さっきと変わってるじゃないですか』

『コーヒーなら何でもいい……』

神カメラで客席を見渡す。よし、先程笑ってなかった人達も笑っているな。さぁここから更に仕掛ける……！

△△△

「おィ、月ィ……」

今のヨタの様子にまた気付いたらしき楽三が耳打ちしてくる。

「アドリブの事？」

「それもそうだがァ……あいつ……どんだけ見えてるんだァ？」

「あぁ、今のヨタにはここの客席一つ一つが細かく、俯瞰して見えているだろうね。客席の空気から、どこの席の人が笑っているか笑ってないか、細かく見えていると思うよ」

「な……。『死神』なんてやりながら三百もの客席の反応一つ一つを把握できてるってのかィ？　俺やオメェの前座《ぜんざ》の頃だってそこまではできなかっただろうよ」

「あぁ、ヨタならできる。ヨタが前まで大人の前での高座《こうざ》を苦手としてたのは知っての通りだろう？　子供相手の学校寄席《よせ》でしかウケを取れなくて、元天才前座《ぜんざ》なんて揶揄《やゆ》されたりして」

「ああ、それは知ってるが……」

「だからこそヨタは、学校寄席《よせ》での高座《こうざ》は絶対に外さないよう努力した。生徒一人一人の顔を覚えて気配りできるように、誰がどこに座ってどんな反応しているか……そこまでイメージしてやっていた。自分の高座《こうざ》を一人でも多くの人に楽しんでもらう為《ため》に、他の人にはできない程の努力をしてきたんだ」

「その努力が今の高座《こうざ》に繋《つな》がってるってわけかィ」

「そう、大人の前で緊張しなくなったヨタなら……更に集中が究極に高まった今日のヨタなら、これくらいできるんだろう」

ヨタ、君《キミ》がやってきた事は無駄じゃなかったんだよ。

△△

「凄《すご》いのじゃ……」

舞台袖で見ているヨタのコウザから目が離せないのじゃ……

ワシはヨタに勝つために最大限の努力をした。でもヨタはそれ以上の努力をしていたのじゃ。それもずっと長く……

客席を支配しているヨタの空気。魔王軍を支配するマ魔王の空気よりも、魔王親衛隊を指揮するパパの空気よりも……もっと深い空気かもしれないのじゃ……

もしかしたらシショーの『死神』を初めて見た時よりも……

「これこそ魔法、言霊《ことだま》なのじゃ。ワシよりも……ヨタこそが魔王だったのじゃ……」

△△

『お前をいい所へ連れて行ってやろう……』

『いい所……?』

噺《はなし》の後半まで辿《たど》り着《つ》いた。ここからが正念場だ。

一度転落した八五郎が、死神の呪文でズルをして大儲《おおもう》け、再び死神と出会い、死神界へ連れて行かれる場面。現実世界と異世界の接点。そう、僕は一度目にしているじゃないか。

『死神がその杖《つえ》を空高く掲げますと、ゴロゴロゴロゴロと暗雲が立ち込めまして、雷がバリバリバリッと落ちます。それは地面を走る稲妻となって八五郎の周りを駆け巡る。それは七色にも似た発色をしたかと思うと、バーンッと大きな音で弾《はじ》けた……』

死神界が現れる演出をハチが召喚された時の様子をイメージして演出した。世界で僕しか見ていないであろう、異世界との繋がりだ。

神カメラで客席を見渡す。全員がゴクリと息を呑んでいる。食い入るように見ている。後は死神界まで付いてきてもらうだけだ。

『なんだこりゃぁ……真っ暗なのが急に明るくなったと思ったら……何千……何万と蝋燭《ろうそく》があるよ……』

暗く、広大な死神界をイメージする。何千、何万と蝋燭があるなら、このホールよりも大きいのだろう。近くの蝋燭から、客席の遥《はる》か向こうまで見渡すように目線を動かす。

地下の奥底で冷たいのだろう。声が洞窟に響く様に出す。寒い時の息遣い。いつもよりも深く……深く……息を吐く。

△△△

「凄い……」

よーちゃんの落語に私だけじゃない、会場の殆どが飲み込まれている。

「アニキ、なんか寒くなってきましたよ」

「俺もだ。多分あいつの……」

私の前に座っているお客さんが寒くなったと言い合っている。それだけじゃない、他のお客さんも寒そうに腕をさすり始めた。

間違いない。よーちゃんの落語を見て、描写があまりに繊細だから身体《からだ》が寒いと錯覚しているんだ。

小さい頃から知っている幼馴染《おさななじみ》のお兄ちゃん。よーちゃんが落語を始めたから私も一緒に聴き始めた。いつも遊んでいた幼馴染がプロになるだなんて不安もあったけど、よーちゃんなら絶対大丈夫だと思った。辛《つら》い事があって落ち込んでる時期もあったけど……よーちゃんならそれを乗り越えて凄い落語家になるって信じてた。だって誰よりも落語が好きだっていうのが私にもわかるから。今のよーちゃんは、そんな落語の世界でとっても輝いている。

「よーちゃんが昔言ってた通り……。よーちゃんの落語はまるで魔法みたいだ……」

△△△

『色んな蝋燭がありますね。これみんな人間の寿命なんですか？　あ、消えちまった蝋燭も。これ……あと隣の赤いのも。なんか不思議と手に馴染《なじ》むっていうか……これも死んじまった奴《やつ》の蝋燭なんですか？』

『フッ……なんとなくわかる様だな。それは……お前の死んだ父と母の蝋燭だ』

『親父《おやじ》とお袋の？』

周りにある蝋燭をいじる場面。本来の『死神』では芸能人だったり、様々な人の寿命に当《あ》て嵌《は》めて笑いを取る場面。でももう笑いはいらない。八五郎《はちごろう》を両親に会わせたのは……僕の心残りだ。僕がもし死神界に行けたなら。蝋燭でもいいから両親に会いたい。

『ああ、久しぶりだなぁ。親父ぃ、お袋ぉ。向こうで仲良くやってるかよぉ』

自分が両親にこの様な形でも会えたら……というのをイメージして感情を込める。そう、せめて仲良くしていてほしい。

そしてここからが本当のクライマックスだ。

『こ、この消えかけの蝋燭って……』

『クックックッ……ハッハッハッ……アーハッハッハッ！　それは……お前の寿命の蝋燭

さァ！』

死神の高笑い。ユーモアのあった死神が本性を現す。

死を纏《まと》わり付《つ》かせた神。根底は……悪だ。

ギル亭魔王《ていまおう》もそうだった。もし魔王が落語に出会わなかったら……

もし僕が……両親を亡《な》くした後に落語を辞めていたら……

心の拠《よ》り所《どころ》のない僕はどんな冷たい人間になっていただろうか？

自分の心の奥底にいた暗く冷たい自分。それを捻《ひね》り出《だ》した渾身《こんしん》の冷たい笑い。

死を目《ま》の当たりにした僕にしかできない死神だ。

『あ、あ、消えちゃうよぉ……』

『クックックッ……消えたら……死ぬぞぉ……』

『い、いやだっ。死にたくないっ』

自分の消えかけの寿命の蝋燭を、まさに死に物狂いで灯《とも》そうとする八五郎。

僕は運命の残酷さを知っている。命は無慈悲にも奪われる……それを死神に重ね合わせた。僕だからできるより冷たい『死神』だ……

あくまで客観的に冷たい目線で俯瞰《ふかん》して見て、そのイメージを重ね合わせる。

『ほーら……消えた……』

無慈悲にも奪われた命。スパッと幕を下ろすと共に、この世界が終わる。

フッと倒れ込み『死神』という噺《はなし》は終わる。

死神界から、江戸世界から帰ってくる。身体を起こして頭を上げると、静寂に包まれていた。拍手がない……ダメだったか……？　独りよがりだったか……？

すっかり集中が切れて我に返った僕が客席を見つめていると……

パチパチ……

パチパチパチ……

パチパチパチパチ……

パチパチパチパチパチパチパチパチパチパチパチパチパチ……

少しずつ拍手が広がっていき、会場全体から大きな拍手が鳴り響いた。中には立ち上がって拍手をする人。あ、みつきは泣いている。牡丹組《ぼたんぐみ》の人達は何故《なぜ》か太鼓を叩《たた》いている。

良かった。僕の人生を懸けた『死神』はちゃんと伝わったんだ。

高座《こうざ》から降りようと立ち上がったら全く力が入らずフラッと倒れこみそうになる。

「ヨタっ！」

異変に気付いたハチが駆け付けて、僕を小さな身体で抱き抱えてくれた。

「あれ、おかしいな……」

「あれだけのラクゴをしたら当たり前なのじゃ！　ヨタ！　カッコ良かったのじゃ！」

涙ぐむハチのストレートな感想が心に染《し》み入《い》った。

「ほら、みんな待ってるのじゃ」

ハチに肩を借りて舞台袖に戻ると、きら星《ぼし》や風太郎《ふうたろう》ら共演者が拍手で迎えてくれた。

△△△

驚いた。まさかここまでやれるとは思わなかった。僕の期待以上だ。ハチがヨタを刺激して、ヨタは見事に応えた。落語の奥深さに思わず笑みが溢《あふ》れた。

「おい、何をニヤついてんだ」

そんな僕に隣の楽三《らくざ》が気付いて声をかけてくる。

「月《つき》イ。スゲェな、ヨタの野郎は……」

「まぁ大会の空気で上手《うま》くノレたからね。そうそうこんな高座《こうざ》はできないだろう」

「にしてもだ。あー、ライバルの弟子の成長に協力しちまったのは俺だしな。全然違う空気だがハチも逸材だなありゃ。あー、うちのきらにもっと稽古つけなきゃなぁ」

隣の楽三は少し肩を落としている。申し訳ないけど、きら星の優勝はないだろう。ヨタがここまで到達したキッカケの一つは楽三にもある。彼には感謝しきれない。

後は会場の審査だ。結果は……

3

「ただいま投票の受付中です。いやぁ、皆さん前座《ぜんざ》とは思えない健闘ぶりでしたねぇ！」

司会のこうた・さんた先生が集計中の時間を繋いでくれている。

投票は、客席の三百＋十人が用紙に一番良かった前座《ぜんざ》を一人書いて集計される。一番投票が多かった人が優勝、とわかりやすい。

出演者全員がステージに並び、緊張の面持ちで結果を待っている。僕らだけじゃない。投票の終わった客席からも緊張を感じる。やれるだけの事をやった。後は結果を待つのみだ。

「さぁ、さんたさん、結果が出た様です」

「はい、ワタクシが読み上げます……おっと、これは……」

投票結果を受け取ったさんた先生が目を見開いて驚いている。意外な結果だったのか？

「一位の投票数はなんと……百九十七票。半数以上の獲得で優勝したのは——」

　少し間を空けて、大きく息を吸いその名を発表してくれた。

「浮乃家陽太《うきのやようた》さんです！」

　優勝……僕が……しかも過半数の票を取って……？

　自信はあった、でもここまでの票数に実感が湧かず、ぼんやりしていると……

「ヨター、おめでとうなのじゃ！」

　ハチが満面の笑みで抱きついてきた。いや、笑いながらも少し涙目だ。

「ありがとう……ってハチ泣いてる？」

「うっ、泣いて悪いか！　今回負けたのは悔しい、悔しいが……ヨタのあのコウザに負けたなら本望じゃ！」

　ハチにそこまで言ってもらえて、ようやく勝利の実感が湧いてくる。

「負けたよヨタくん……。次は二ツ目《ふたつめ》になってから勝負だ！」

　またビシッと宣誓する風太郎。嫌味だけど言い訳はしない。彼は落語にはストイックだ。

「兄《あに》さん、おめでとうございます。本当に感動しました」

いつもながらキラッとした笑顔で祝福してくれるきら星。

「さぁ、ここで審査に加わった師匠方から講評を聞いてみたいと思います。まずは優勝した陽太さんの師匠でありますす浮乃家光月《こうげつ》師匠からです」

こうた先生が席まで降りて師匠にマイクを渡す。優勝した後とはいえ、師匠からの言葉は緊張する。

「えー、まずはヨタ……じゃないな、陽太。おめでとう」

つい普段の愛称で僕を呼んだ師匠は、正式な場だからと訂正した。

「正直言って君《キミ》がここまでできるとは思わなかった……いや、もちろん期待はしていたけれども、想像を更に一段超えてきました。これだけのお客さんを俯瞰できて、江戸の世界を描ききった。僕でも前座《ぜんざ》の時にはここまではできませんでした。もちろん八子《はちこ》も自分だけにしかできない高座《こうざ》で大きな笑いを取りました。僕の弟子だけじゃなく、他の皆さんも前座《ぜんざ》とは思えない素晴らしい高座《こうざ》でした。今日は陽太が一段上でしたが、次があったら誰が優勝かわからない程です」

いつになく興奮しているような師匠からの祝辞に涙が出そうになる。

「おゥ月ィ。いつまで喋《しゃべ》ってやがるんだ。マイク貸せっ！」

「あぁ。楽三……」

パッとマイクを奪った楽三師匠。何を言ってくれるんだろう……

「まぁ良くやった。特にヨタはすげェな。やる奴《やつ》だとは思ってたが。うちの弟子は残念だったが……まぁ今回はしゃあない。次はヨタに負けんじゃねぇぞ！」

名前が出たきら星の方を見ると、困ったような感じで笑っていた。

「まぁそれはそれとして……この後は祝勝会だ！　飲むぞー！」

楽三師匠がそう締《し》め括《くく》った。落語をしていない楽三師匠が一番お酒を待ちきれなかったらしい。というか僕は未成年なんですが……

その後いくつかの受賞者の発表があり、僕のこれまでの落語家生活で一番大きな経験となった大会が終わったのだった。

4

打ち上げ会場はホール近くの中華料理屋『龍珍楼《りゅうちんろう》』。ここのお座敷《ざしき》を貸し切っての宴会だ。と言っても前座《ぜんざ》の殆《ほとん》どは僕を含めてお酒が飲めないのでノンアルコール。

楽三師匠や審査員の先生方など、酒飲みの人達が座敷の奥で酒盛りしている。落語家はとにかく酒飲みが多い。僕もいつかああなってしまうのかな……

きら星は楽三師匠にお酌をしつつ、自分もお酒を飲んでいる。あれ、彼女いくつだっけ？　後輩だけど年上というのはこの世界ではよくある事だ。

「うまい、うまいのじゃー」

僕の横でハチが中華料理をドカ食いしている。今日は僕らが主役なので下働きはなし。

「ハチ、あんまり食べすぎるなよ」

好きなように飲み食いしていいと言われているけれども。

「そうだ……ハチはさ……」

「ふえ？」

僕は一つ気になっていた事を聞く。

「いつまで修行するの？」

そう、元々ハチは魔王としての精神修行、言霊《ことだま》の修行の為《ため》に前座《ぜんざ》修行を始めたんだ。

「もうある程度常識も身に付いたし、落語で笑いも取れるし、いつまでやるのかなって」

「いつまでって……ヨタはそんなに早くワシに帰ってほしいのか？」

ハチは口を尖《とが》らせてそう言った。

「そうか……アニデシはもうワシがいなくてもなんともないのじゃ……ぐすっ」

「いや、そういう意味じゃなくて……」

「ウッソじゃー！　ハハハ、何を慌てておる」

ハチの泣いたそぶりで慌てていたら、ハチがカラッと笑う。騙《だま》された！

「いつまで修行するって？　まずはヨタに勝つまでじゃ！」

「そうか……今日は僕が勝ったから……」

「いや、負けてはないぞ。ワシも賞はもらったからな。笑いでは勝っていた。だから引き分けじゃな。ひーきーわーけ」

「さっきは負けたって言ったくせに……」

そう、あの後に僕の優勝以外の各賞の発表があった。笑いの量が多かった『大爆賞《だいばくしょう》』にハチ、所作《しょさ》などの芸術点を評価される『芸術賞』を風太郎が受賞していた。

特に落語の大事な要素である笑いを評価されたので、ハチは僕に張り合っている。

「まぁ勝負は引き分けとしてじゃ……」

「まだ言ってる。もうそれでいいけど」

「シショーや、さっきのヨタの『死神』を見て思ったのじゃ。目の前に世界を創造するラクゴは火や氷を出す魔法よりも素晴らしい。ワシはこのラクゴを極めてみたい。じゃからワシが帰るのは……メイジンになってからじゃ！」

「名人って……」

そうか、ハチはまだずっと修行を続けてくれるんだ。そのキッカケの一部に僕がいる事がなんだか照れ臭い。

「あー……でもマ魔王が帰ってこいって言ったら帰らなきゃ……」

そうだ、最初はマ魔王さんの一存でハチの修行が始まったんだ。マ魔王さんがもういいと言ったら、ハチは帰らなくちゃいけないのか……？

「それは僕がなんとかお願いしてみるからさ。マ魔王さんにいつ会えるかわからないけど……」

「まぁワタクシとしてはもう少し修行してもらわないと……」

「そうですか。ほら、マ魔王さんもこう言って……ってマ魔王さん？　なんでここに……？」

いつの間にかマ魔王さんが隣でお茶を啜《すす》っていた。

「マ魔王……。どうやってこっちの世界に来たのじゃ？」

「あら、言ってなかったかしら。頑張れば行き来できますわよ。今日もウチの娘の晴れ姿とあって大会を見に来ました」

「「えー！」」

僕とハチが同時に驚く。異世界はそんなにヒョイヒョイ行き来できるのか……

「まぁ先日陽太さんの呪文で二つの世界の縁ができたからですが。それに行き来できると言ってもかなりの魔力を使うので、今のこの娘《こ》が一人で帰るのは無理ですわ。ワタクシやパパくらいの魔力を持つ者でも数ヶ月に一度が限界ですし。ちょっと無理をしたので腰が痛くて……」

マ魔王さんが腰をさすっている。腰痛に耐えて異世界へ渡るってのがシュールだ。

「それじゃあ魔力が高い人ならみんなこっちに来られちゃう……?」

「まぁそうなりますわね。と言っても、こちらに来るほどの魔力となると魔王軍の四天王とか、勇者パーティーくらいしか。まぁ滅多にないと思ってください」

良かった。異世界から押し寄せてくるかと思った。

「それでマ魔王……。ワシはもうちょっとシュギョーしていいのか……?」

ハチがモジモジしながらマ魔王さんに聞いた。

「もちろん。修行のお陰で随分成長したように思えます。ここで辞めたらもったいないですわ。もっと沢山の事を教えてもらって、魔王としても、落語家としても成長なさいな。魔族の寿命は長いのです。いっそ名人になるまで頑張りなさい」

「あ、ありがとうなのじゃ!」

マ魔王さんのお墨付きをもらったのでハチは修行を続けられる。純粋に嬉《うれ》しい。

「陽太さんも本当にありがとうございました。お陰でこの娘も成長しましたし、アナタの

『死神』はステキでしたわ。魔王の威厳を感じました……いつかこの娘の婿になって魔界を統治しませんか？」

「婿ってそんな！」

「何言ってるのじゃ！」

マ魔王さんがとんでもない事を言ってきた。ハチも慌てている。

「ヨタ、ハチ……あれ、こちらの方は？」

向こうで楽三《らくざ》師匠に捕まっていたうちの師匠が僕らの卓に来た。マ魔王さんと会うのは初めてだったか。

「きゃ、きゃー、光《こう》サマ？　ワタクシはただの落語ファンでございまして。きゃー、直視できないー。失礼します！」

師匠の大ファンのマ魔王さんは顔を真っ赤にしていなくなってしまった。本当に好きだと逆に近寄れないんだな……

「変わった人だね。あ、それはそうとヨタ。さっき楽三とも話したんだけど、君《キミ》の二ツ目《ふたつめ》昇進を推薦しようと思うから。理事会でも反対はないと思うよ。じゃ、ごゆっくり」

そう言って師匠はまた向こうの卓へ戻ってしまった。

「え、ふ、ふ、二ツ目《ふたつめ》……？」

大会の優勝と二ツ目《ふたつめ》昇進の内定が同時に決まった僕は、その日そこからの記憶が曖昧だった。後で聞いた話だと、ハチが僕の分……どころか十人分は料理を平らげたりして相変わらず騒がしかったという。

5

大会から一週間――

大会の結果はネットニュースに取り上げられるなどして結構話題になった。

寄席《よせ》の楽屋でも色々な師匠に声をかけられてチヤホヤされたし、何件かテレビの取材も来たりした。前座《ぜんざ》の大会とはいえそこまでの注目度だったらしい。

それ以降の寄席《よせ》では大会の時の様な集中力を常時出せるはずもなく、毎日変わるお客さんの前ではウケたりウケなかったりだ。それでも半年前の、ハチに会う前の僕と比べたら、自信を持った、堂々とした高座《こうざ》ができている。

そして……

「ヨタ、君《キミ》の二ツ目《ふたつめ》昇進が四月に決まったよ」

あれから本当に理事会で審議をしてくれたようで、僕の二ツ目《ふたつめ》昇進が正式に決まった。

師匠の話によると、年季や最近の高座《こうざ》の様子から既に話は上がっていたけれど、先日の大会の結果が最大の後押しになったらしい。僕の高校卒業だけは待って四月に昇進という事になったそうだ。

「そうだ、君《キミ》の新しい名前を考えたよ」

師匠から思わぬ言葉。昇進の時には前座《ぜんざ》の時のままの名前を使う場合もあるが、師匠が二ツ目《ふたつめ》としての新しい名前を考えてくれるパターンもある。その事は頭から抜けていたが

……

「これからは陽太《ようた》改め……陽月《ようげつ》だ」

「陽……月……」

元々僕の本名から付いた陽太の陽に、師匠の光月《こうげつ》から月を取って陽月か。師匠から一字もらえるのは堪《たま》らなく嬉しい。

「陽月というのは陰暦の十月の事なんだけど、陰から陽に変わる様子、時代が変わる、成長する事を意味する。トラウマを乗り越えて生まれ変わった君《キミ》にはピッタリだと思わないかい？」

そこまで考えていてくれたんだ。涙が出そうになる。

「ありがとうございます。残りの前座《ぜんざ》期間も頑張ります」

二ツ目《ふたつめ》昇進が決まったとはいえ、まだ三月までは前座《ぜんざ》修行が続く。気を引き締めないと。

「あ、そうだ」

学校へ向かう為に部屋を出ようとした僕を師匠が引き止める。

「はい？」

「配信は続けてね～」

「えっ……？」

「魔王をやってたでしょ。実はやり方教わって、たまに見てたんだよねぇ」

「み、見てたんですか……？」

大会の時の反応で僕がコソコソ配信しているのに気付いていたのかなと思っていたけど、まさか配信の内容まで見られていたとは……

「まぁ本当ならダメだけれど……ね。配信に気付いてからもあくまで別人を演じているという事で黙認していた。そして配信での経験が先日の高座《こうざ》に活《い》きていた。だからあくまで魔王という別人としてなら、稽古も兼ねて黙認してあげるよ。二ツ目《ふたつめ》昇進も決まったしね」

師匠はネットに疎《うと》いと思い込んでいたけれど、ずっとギル亭魔王《ていまおう》を見られていただなんて恥ずかしい。まぁでも師匠のお墨付きをもらったと思って続けよう……

「ヨター、ぐわっこいふぁないの《ガッコウ行かないの》じゃ？」

「ハチ……なにやっているの？」

饅頭《まんじゅう》をつまみ食いしながら、登校準備を終えたハチが声をかけてきた。食べるか喋《しゃべ》るかどっちかにしろ。

「相変わらず食いしん坊だな。というかさっき朝ご飯食べただろ」

「ゴクン……つい小腹が空いちゃったのじゃ」

こいつの食い意地は相変わらずである。

あれからハチの高座《こうざ》の評判も上々だ。失敗も多いけど楽屋ウケはいい。これからはテレビの仕事もスケジュールを調整してできるだけ寄席《よせ》に通えるようになった。

「では師匠、行ってきます」

「行ってくるのじゃ！」

「はい、行ってらっしゃい」

今日も学校へ行ってから寄席《よせ》で前座《ぜんざ》修行。玄関を出て横を歩いているハチを見ると機嫌良さそうに鼻歌混じりだった。

「ハチ、寄席《よせ》は楽しい？」

「もちろんなのじゃ。ヨセやテレビで学んだ事がラクゴに活きる。シュギョーすればするほどラクゴが楽しくなるのじゃ」

ハチが落語に、修行に目覚めてくれて嬉しい。そのままハチと並んで角を曲がるとみつきが待っていた。

「あ、よーちゃん。ハチちゃん。おはよー」

「おお、チビ、おはようなのじゃ」

「ムー、ハチちゃんも私と変わらないじゃなーい」

迎えにきたみつきとハチが戯《たわむ》れあっている。妹が二人できたみたいだ。

傲慢《ごうまん》で生意気だけど、どこか愛らしい、魔王に見えない僕の妹《いもうと》弟子《でし》でライバル。

「さぁ、ヨタ。今日もシュギョーじゃ！　ワシもすぐにフタツメになるぞ！」

「まだまだ、ハチは色んな事を覚えないと。これからも兄弟子《あにでし》として教えるからな。これからも修行は続くんだ」

「そうじゃ、立派なメイジン、魔王になるまでシュギョーじゃシュギョー。ラクゴでも魔王でも負けないのじゃ……アニサン！」

縁《えん》は異《い》なもの味なもの……なんて言うけれども、まさか異世界《いせかい》の魔王とこんな縁《えん》が結ばれるなんて。

まさに『異《い》』なもの。

小噺　蛇足の魔王様

十二月三十日。

年末のこの日には毎年、師匠宅の大掃除がある。

僕とハチは奥にある書庫を掃除していた。

「ブフェッ、埃《ほこり》だらけじゃのう」

「ここは古い本も多いからね。あまり立ち入らないし、埃が溜《た》まっちゃうんだよ」

最初は大人しく掃除をしていたハチも退屈したのか、書庫の本を漁《あさ》り始めた。

「ハチー、ちゃんと掃除しろよ」

「……ヨタ……これ……」

ハチが古い落語の本を見て何か驚いている。

見ると昔の名人の歴史や写真の載った本だった。

「あぁ、その写真は幕末に撮られた初代光月だよ」

うちの師匠の名前を作った大名人。初代浮乃家《うきのや》光月。

古典落語の名手で初代しかやらなかった幻のネタもあるとか……？

まだまだこれからという所で行方不明になってしまったらしいけれども。

「これは……初代じゃ……」

「よく知ってるね。初代光月だよ」

「そうじゃなくてっ。魔王城に飾ってある肖像画そのままじゃ。これは……初代魔王じゃ。初代魔王カオスムーンじゃ」

「は？」

初代光月と向こうの世界の初代魔王が同じ顔って事？

同一人物……？

まさか……ね。


「ヨター、ハチー、ちょっとー」

二人で考え出した所で師匠の呼ぶ声がした。掃除はひとまず置いておいて師匠の所へ向かう。まぁわからない事を考えても仕方ない。

○

「あ、ヨタ、ハチ」

「師匠なんでしょう?」

「ちょっと話があってね。独楽亭芝《こまていしば》先生は知ってるでしょ」

「はい、もちろん」

桝《ます》や鞠《まり》を傘の上で回したりする曲芸である太神楽《だいかぐら》の独楽亭芝先生。トウラクを代表する太神楽の先生だ。

うちの師匠と大変仲が良くて、よく独演会の色物としてお願いをしている。

「芝先生が神楽の弟子を取る事になって、年明けから前座《ぜんざ》修行する事になったんだ。ちょうど歳《とし》も近いという事で、君《キミ》らに色々教えてほしいと頼まれてね」

「歳が近いって事は十代なんですか?」

「お、ワシにもついに後輩ができるのじゃ」

今まで前座《ぜんざ》の一番下だったハチはなんだか嬉《うれ》しそうだ。

「今日は顔合わせという事で来てもらっているんだ。ほら入っておいで」

師匠に声をかけられて入ってきたその子は予想外の容姿をしていた。

身長はハチと同じくらいか。ゴスロリ……というのかお姫様みたいな格好をしている。何より特徴的なのはその金髪をクルクルと巻いた縦ロールだった。まさに漫画に出てくるようなお嬢様。

その子はペコッとお辞儀をすると……

「ごきげんよう。ワタクシは独楽亭芝の弟子で独楽亭七代《しちよ》ですわ」

ですわ口調なんて現実で初めて聞いたが、丁寧なご挨拶だ。

そしてその子は頭を上げると……

「あ――――――！」

ハチを指差し大声を上げた。

「ん？　あ――――――！　お前！　なんでここにいるのじゃ？」

ハチも大声を上げたので知り合いなのかと聞いてみる。ハチは師匠に聞こえないように僕に耳打ちして……

「ハチ、知り合いなの？」

「あいつは向こうの世界で勇者と共に魔王を倒そうと挑んでくる奴《やつ》らの内の一人なのじゃ。第七王国の王女で、第七騎士団最強の騎士なんじゃ」

わけがわからない。なんで向こうの世界の姫騎士？がこっちの世界で太神楽に弟子入りを……？

「今はこちらの世界で七代を名乗っていますわ。というか、へっぽこ魔王がこんな所に……って……こちらのお方は……」

ふと七代と目が合う。

急に表情が柔らかくなったかと思うと、七代はこちらへタタタッと駆け寄ってきた。

「あなた……」

「は？」

「これは……素敵な魔力の持ち主ですわね……。ワタクシの理想ですわ。ス・テ・キ。ワタクシと結婚してくださらない？」

「は、はぁ～？」

そう言って、僕に抱きつく七代。ハチは知らん顔をして、師匠は目を丸くしている。勇者の仲間の姫騎士が太神楽に弟子入りして、その娘《こ》が僕の魔力？に惹《ひ》かれてプロポーズ～？　二ツ目《ふたつめ》昇進が決まったと思ったら、まだまだドタバタは続きそうだ……

「一体これからどうなっちゃうのー？」

と、少女漫画の第一話みたいな叫びをあげてしまった。

この話はここからが面白い所ですが、本日はお時間がいっぱいという事で……

落語《らくご》魔王《まおう》与太噺《よたばなし》の一席でございました。

あとがき

この度は『魔王《まおう》は扇子《せんす》で蕎麦《そば》を食《く》う　～落語魔王与太噺《らくごまおうよたばなし》～』をお手に取ってくださり誠にありがとうございます。本作を書かせていただきました落語家の春風亭吉好《しゅんぷうていよしこう》でございます。はい、正真正銘の落語家で真打《しんうち》です。

「なぜ落語家がライトノベルを？」と疑問に持つ方もいらっしゃると思いますが、僕は元々漫画、アニメ、ゲーム、もちろんライトノベルも大好きなヲタクでして。古典落語の他にヲタクネタを入れ込んだヲタク落語なんてものもやらせていただいています（代表作『ツンデレ指南《しなん》』など）。

アニメ声優さんとのトークイベントなど、ヲタク落語家として活動をしていましたら、ファンタジア文庫様より執筆のお話をいただきまして今に至るわけです。

ファンタジア文庫といえば古くは『スレイヤーズ』『魔術士《まじゅつし》オーフェン』『フルメタル・パニック！』など学生時代（歳《とし》がバレる……）から読んでましたし、最近では『転生《てんせい》王女《おうじょ》と天才令嬢《てんさいれいじょう》の魔法革命《まほうかくめい》』『週《しゅう》に一度《いちど》クラスメイトを買《か》う話《はなし》』など大好きです（癖《へき》がバレる……）。

落語がテーマのライトノベルを書くにあたって「落語」そのものは見ている人にも書けるかもしれない、それよりも本職の落語家にしか経験できない「前座《ぜんざ》修行」を主題にした方がリアリティを出せるのではないかと。そこにライトノベル的な「魔王」を掛け合わせたら、自分にしか書けない作品になるのではないかと思い至り、本作の骨組みができました。華やかな寄席《よせ》の舞台裏では落語家がどんな気遣い、修行をしているのか、落語の最中はどの様な事を考えているのか、それをライトノベルの文法に落とし込んでみました。

この作品を通して少しでも寄席や落語、そして落語家そのものに興味を持っていただけたら幸いです。辛《つら》い修行ばかりがピックアップされがちですが、それ以上に落語や寄席に愛を持って、辛いよりも喜びが勝る思いで修行をしています。自分を含め、多くの前座修行経験者が感じる事を主人公のヨタに代弁してもらいました。

しかし執筆にあたっては大変に苦労しました。新作落語の台本を書くことはありますが、落語と小説では勝手が違います。落語は小説と違いほぼセリフで、情景描写も目線やセリフの間を利用します。新作落語だとセリフも高座《こうざ》で喋《しゃべ》りながら変えたりするので台本段階では多少の文法はざっくりしていたりします。

地の文が多く、一度出したら直せない小説ではそうはいきません。文字情報だけで登場人物の気持ち、情景などが伝わるようにしなければならず、落語との大きな違いを感じました。この一年で沢山の本を読み、勉強をし、なんとか形になった次第です。

何度も改稿にお付き合いいただいた編集のO氏にはご迷惑をおかけいたしました。

今作はヨタの二ツ目《ふたつめ》昇進が決まった所で一旦終わりましたが、修行はまだまだ続きます。二ツ目になっても、真打になっても落語家は死ぬまで修行の日々なんです。ハチはまだ前座になって半年ですしね。最後に異世界から新キャラを出したりして続ける気満々ですが、続きが出るかは……皆様の応援次第です！

書きたい事はまだまだあるんですよ。最後に出てきた七代《しちよ》は何者なのか、なんとなく匂わせていたきら星《ぼし》の裏の顔とか、初代光月《こうげつ》と初代魔王が同じ顔ってどういう事とか、お正月の寄席の様子とか、ラノベらしく海で水着回とか……自分は前座修行中に海行った事ないけど（笑）。

他にも書きたい構想は沢山あるので、応援していただけると嬉《うれ》しいです。

今作を読んで落語に興味を持った方はまず寄席に行ってみてください。個性的な芸人が代わる代わる出てくる楽しい空間です。本当に楽しいですよ。

そして落語にハマるお客様が増えるだけでなく、自分で落語をやってみて果ては落語家になりたいと思う方が増えたらいいなと思っています。良いですよ落語家は。僕はこんなに楽しい職はないと思っています。落語家になって本当に良かったと。まさかライトノベルを書く事になるとは思いませんでしたが……

好きな落語をして、寄席の楽屋で個性豊かな師匠方から多くを学べて、好きなライトノベルを書いて（吉好だけですが）、本当に落語家は楽しい。


最後に本書を執筆にあたりお世話になった皆様にお礼申し上げたいと思います。

まずはこういったヲタク落語家としての活動を許容してくださってるうちの師匠（春《しゅん》風亭柳好《ぷうていりゅうこう》）にお礼を申し上げたい。師匠が弟子に取ってくださり、活動を認めてくださってるからこそ今があり、本書があります。ありがとうございます。

帯の推薦コメントを書いてくださった春風亭昇太《しゅんぷうていしょうた》師匠、ありがとうございます。ライトノベルを読む事も、その推薦コメントがライトノベル棚に並ぶ事も初めてと思いますが、ありがたいお言葉に本当に感謝しております。

協力という形でクレジットさせてくださった落語芸術協会《らくごげいじゅつきょうかい》様、取材に協力してくださった新宿末廣亭《しんじゅくすえひろてい》様、浅草演芸《あさくさえんげい》ホール様、池袋演芸場《いけぶくろえんげいじょう》様、上野広小路亭《うえのひろこうじてい》様、ありがとうございます。お陰様で本文やイラストに説得力が増しました。本書の読者が少しでも寄席に足を運んでくれたらと思っています。

初めてのライトノベル執筆という事で相談にのってくれた昔からの友人であり、ライトノベル作家の蛙田《かえるだ》アメコ先生、ありがとうございます。アメコ先生のアドバイスのお陰で大分捗《はかど》りました。

今回お声掛けくださいましたファンタジア文庫編集部の皆様、ありがとうございます。慣れない執筆でご迷惑おかけしましたが、形にしてくださり本当に感謝です。

イラストを描いてくださった絵葉《えば》ましろさん、ありがとうございます。自分が脳内で思い描いていたイメージの一万倍は素敵なキャラを描いてくださり本当に幸せです。特に本作を象徴するハチが可愛《かわい》くて可愛くて……

一年間の執筆を側《そば》で支えてくれたうちの嫁さんにも心からの感謝を。

そして本書を手に取ってくださった読者の皆様、改めてありがとうございます。

「ライトノベルの最後はお礼を述べる（のべる）」

く、苦しいでしょうか……とりあえずはお後がよろしいようで……

春風亭吉好

春風亭吉好《しゅんぷうていよしこう》

本名　吉見元気
千葉県流山市出身～在住
落語芸術協会 所属

2009年8月　春風亭柳好門下に入門
2013年8月　二ツ目に昇進
2023年5月　真打に昇進

古典落語の他に、
趣味のアニメネタを取り入れた『ヲタク落語』を得意としている

●代表作
「ツンデレ指南」
「イケラク ～イケメン落語家男子～」
「AI(アイ)の形」など

●ホームページ
http://yoshikou.info

― 協力 ―

落語芸術協会

― SPECIAL THANKS ―

新宿末廣亭
浅草演芸ホール
池袋演芸場
上野広小路亭

各寄席には、取材および宣伝にご協力いただいております。
誠にありがとうございます。

富士見ファンタジア文庫

魔王《まおう》は扇子《せんす》で蕎麦《そば》を食《く》う
～落語《らくご》魔王《まおう》与太《よた》噺《ばなし》～

令和７年３月20日　初版発行

著者――春風亭吉好《しゅんぷうていよしこう》

発行者――山下直久
発　行――株式会社KADOKAWA
〒102-8177
東京都千代田区富士見2-13-3
0570-002-301（ナビダイヤル）
印刷所――株式会社暁印刷
製本所――本間製本株式会社

ISBN978-4-04-075817-6 C0193　◇◇◇

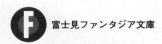

ファンタジア文庫
帰ってきた!
感動のクライマックスから約20年後——
高校生だった相良宗介と千鳥かなめは、
今や立派な大人に、そして……
愛するふたりの子どもを育てる、
仲睦まじい家族に……!?
相良家の刺激に満ちた日常を描く、
「フルメタ」新シリーズ、開幕!

シリーズ累計
※文庫＋コミックス
（ともに電子版を含む）
1,150万部突破！
シリーズ好評発売中！
「フルメタ」が
フルメタル・パニック！
FULL METAL PANIC!
Family ファミリー
賀東招二 ill. 四季童子
SHOUJI GATOU SHIKIDOUJI

切り拓け！キミだけの王道
ファンタジア大賞
原稿募集中！
賞金
《大賞》300万円
《金賞》50万円
《銀賞》30万円
選考委員
細音啓「キミと僕の最後の戦場、あるいは世界が始まる聖戦」
橘公司「デート・ア・ライブ」
羊太郎「ロクでなし魔術講師と禁忌教典《アカシックレコード》」
ファンタジア文庫編集長
前期締切 8月末日
後期締切 2月末日
公式サイトはこちら！ https://www.fantasiataisho.com/
イラスト／つなこ、猫鍋蒼、三嶋くろね